내가 있는 곳

▪ 이 도서의 국립중앙도서관 출판예정도서목록(CIP)은
서지정보유통지원시스템 홈페이지(http://seoji.nl.go.kr)와
국가자료공동목록시스템(http://www.nl.go.kr/kolisnet)에서 이용하실 수 있습니다.
(CIP제어번호: CIP2019008476)

내가 있는 곳

줌파 라히리

이승수 옮김

마음산책

옮긴이 이승수

한국외국어대학교 이탈리아어학과를 졸업하고, 같은 대학교에서 비교문학 박사 학위를 받았다. 한국외국어대학교 이탈리아어통번역학과에서 강의하고 있다. 『책이 입은 옷』『이 작은 책은 언제나 나보다 크다』『다뉴브』『페레이라가 주장하다』『폭력적인 삶』『넌 동물이야, 비스코비츠!』 등을 우리말로 옮겼다.

내가 있는 곳

1판 1쇄 발행 2019년 3월 15일
1판 8쇄 발행 2022년 5월 15일

지은이 | 줌파 라히리
옮긴이 | 이승수
펴낸이 | 정은숙
펴낸곳 | 마음산책

편집 | 권한라 · 성혜현 · 김수경 · 나한비 · 이동근
디자인 | 최정윤 · 오세라 · 차민지
마케팅 | 권혁준 · 권지원 · 김은비
경영지원 | 박지혜

등록 | 2000년 7월 28일(제2000-000237호)
주소 | (우 04043) 서울시 마포구 잔다리로3안길 20
전화 | 대표 362-1452 편집 362-1451   팩스 | 362-1455
홈페이지 | www.maumsan.com
블로그 | blog.naver.com/maumsanchaek
트위터 | twitter.com/maumsanchaek
페이스북 | facebook.com/maumsan
인스타그램 | instagram.com/maumsanchaek
전자우편 | maum@maumsan.com

ISBN 978-89-6090-572-6 03880

* 책값은 뒤표지에 있습니다.

장소를 옮길 때마다
나는 너무나 큰 슬픔을 느낀다.
추억이나 고통,
즐거움이 있던 곳을 떠날 때
그 슬픔이 더 크지는 않다.
충격을 받을 때마다 출렁이는 단지 속 액체처럼
이동 자체가 날 흔든다.
— 이탈로 스베보, 『에세이와 흐트러진 페이지』

차 례

∴

그러다가 한밤중 언제나

같은 시간에 잠을 깬다.

쥐 죽은 듯한 고요 때문이다:

그 순간 거리를 달리는 차도,

어딘가로 향하는 사람도 없다.

잠이 점점 가늘어지면서 날 떠난다.

누구라도 좋으니 어떤 이가

나타나기를 기다린다.

나는 나이면서 그렇지 않아요.
떠나지만 늘 이곳에 남아 있어요.

일러두기

1 이 책은 줌파 라히리가 이탈리아어로 쓴 『Dove Mi Trovo』(Ugo Guanda Editore, 2018)를 번역한 것이다.

2 외국 인명, 지명, 작품명 및 독음은 외래어 표기법을 따르되 관용적인 표기와 동떨어진 경우 절충해서 실용적 표기에 따랐다.

3 국내에 소개된 작품명은 번역된 제목을 따랐고, 국내에 소개되지 않은 작품명은 원어 제목을 독음대로 적거나 우리말로 옮겼다.

4 잡지와 신문 등의 매체명은 〈 〉로, 편명은 『 』로, 책 제목은 『 』로 표기했다.

보 도 에 서

오전에 아침을 먹은 뒤 나는 거리 높다란 담벼락에
기대 있는 작은 대리석 묘비를 지나간다. 망자를 만나
본 적 없지만 나이를 비롯해 그의 이름을 안다. 몇 월
며칠 태어나 죽었는지도. 이 남자는 생일 이틀 뒤 2월에
눈을 감았다.

자전거나 오토바이 사고였을 것이다. 아니면 밤에 생
각 없이 걷다가 차에 치였는지도 모르겠다.

그는 마흔네 살에 목숨을 잃었다. 바로 여기 이 보도,
잡초가 돋아난 담벼락 옆에서 세상을 떠났고, 그래서
묘비가 담벼락 밑 행인이 지나는 발치에 있는 거라고
상상해본다. 구불구불 조금 위험한 오르막길이다. 길은
나무뿌리가 튀어나와 불편하다. 어떤 구간은 나무뿌리
때문에 거의 다닐 수가 없는 지경이다. 사실 나도 되도

록 길 가운데로 걸어가려 한다.

늘 빨간색 용기 안에는 작은 꽃다발, 조그만 성인상과 함께 초 하나가 켜져 있다. 하지만 그의 사진은 어디에도 없다. 어머니가 손수 쓴 메모가 얇은 비닐 봉투에 싸여 양초 위 담벼락에 붙어 있다. 잠시 걸음을 멈추고 아들의 죽음에 대해 생각해본 사람에게 전하는 인사말이다.

제 아들에게 당신의 시간을 내준 분께 개인적으로 고마움의 인사를 드리고 싶습니다. 직접 뵙지 못하더라도 아무튼 진심으로 감사드립니다.

나는 묘비 앞에서 고인의 어머니나 다른 어떤 사람도 보지 못했다. 아들만큼이나 그 어머니에 대해서 생각하다가 마음이 좀 쓸쓸해지는 걸 느끼며 계속 걸음을 옮긴다.

길에서

이따금 내가 사는 동네 길거리에서 함께 어떤 이야기, 어쩌면 인생을 같이 만들어나갈 수도 있었을 한 남자를 만난다. 그는 항상 날 보면 반가워한다. 그는 내친구와 살고 있으며 아이가 둘이다. 우리는 길에서 주절주절 잡담을 나누고, 잠깐 커피를 마시고, 산책하는 관계로 남았다. 그는 자신의 계획을 몸짓을 섞어가며 열정적으로 설명한다. 때때로 걷다 보면 우리 몸이 바싹 붙어 한 몸처럼 절도 있게 움직이기도 한다.

한번은 그와 속옷 가게에 동행한 적이 있다. 내가 새로 산 치마에 신을 스타킹을 골라야 했기 때문이다. 나는 치마를 잘 입지 않았기에 그날 저녁 만찬에는 스타킹이 필요했다. 우리는 진열대에 놓인 모든 천, 모든 색깔을 만져봤다. 투명한 얇은 천 조각들이 가득 든 책이 견본인 듯했다. 속옷 가게가 아니라 공구점에 있기라도 한 듯 그는 브래지어와 잠옷 사이를 휘젓고 다녔다. 나는 녹색과 보라색 사이에서 갈등했다. 보라색을 사라고 설득한 건 그였다. 점원은 봉투 안에 스타킹을 넣으며, "남편분께서 안목이 높으시네요" 하고 말했다.

이런 만남들로 우리의 평범한 순례 여행은 즐거워진다. 우리는 스치듯 지나는 순수한 애정의 순간을 누린다. 그래서 더 나아갈 수 없으며 절대 선을 넘어갈 수도 없다. 그는 깨끗한 남자고, 내 친구와 아이들을 사랑한다.

비록 누구와도 내 인생을 나누지 않지만 따뜻한 포옹만으로도 충분하다. 양쪽 뺨에 가볍게 입 맞추고, 산책을 떠나고, 함께 잠깐 걷는 것만으로. 원하기만 하면 잘못된 그리고 부질없는 어떤 길로 들어설 수도 있다는 걸 우린 서로 말하지 않아도 안다.

오늘 아침 그는 산만해 보인다. 코앞에 닿을 때까지 날 알아보지 못한다. 그는 다리를 건너고 있다. 그는 저쪽 편에서 난 이쪽 편에서 걸어간다. 우리는 다리 가운데서 걸음을 멈추고 강을 따라 담벼락에 비킨 행인들의 그림자를 바라본다. 줄지어 민첩히 움직이는 유령들, 이 세상에서 저 세상으로 순순히 건너가는 순종적인 영혼들 같다. 다리 노면은 평평하지만, 단단한 담벼락에 비친 물질 없는 형체들인 행인들의 그림자는 점점 더 올라가는 듯 보인다. 불길한 목적지를 향해 조용히 나아가는 감금된 죄수들 같다.

"언젠가 이 행렬을 영화에 담으면 멋질 것 같아. 흔히 일어나는 광경은 아니야, 태양의 위치에 따라 다르지. 이따금 이 광경에 강한 인상을 받아서 최면에 걸린 듯 빠져들게 돼. 급한 일이 있어도 발길을 멈추게 되지."

그가 내게 말한다.

"나도 그래."

그가 휴대폰을 꺼낸다. 내게 묻는다.

"한번 찍어볼까?"

"어때?"

내가 묻는다.

"형편없어, 이 물건은 전혀 포착하지 못해."

우리는 계속 침묵의 광경, 쉴 새 없이 움직이는 검은 형체들을 지켜본다.

"지금 어디로 가는 길이야?"

"회사에."

"나도."

"커피 한잔 할까?"

"오늘은 시간이 없어."

"그럼 안녕, 다음에 봐."

인사하고 헤어진다. 우리 두 사람도 담벼락에 투사된 그림자가 된다. 포착하기 어려운 일상의 광경.

사 무 실 에 서

이곳에서는 집중하기가 힘들다. 복도를 오가는 동료와 학생에 둘러싸인 채 노출된 느낌이다. 그들의 움직임, 그들의 잡담에 신경이 곤두선다.

난 부질없이 공간에 온기를 주려 애쓴다. 매주 선반을 채우기 위해 집에서 책을 장바구니에 잔뜩 담아 가져온다. 어깨 통증, 책 무게, 그 노력이 결국 아무 소용이 없다. 책장을 채우려면 이삼 년은 걸릴 것 같다. 책장이 너무 커서 벽 한 면 가득이다. 어쨌든 이제 공간은 아늑해졌다. 인쇄된 그림 액자 하나, 화분 하나, 쿠션 두 개. 하지만 공간은 날 심문하고 밀어낸다.

문을 열고 들어가 가방을 내려놓고 하루를 계획하기 시작한다. 편지에 답장하고, 학생에게 읽히고 싶은 책을 결정한다. 나는 월급 때문에 이곳에 있을 뿐이다. 이곳에 마음이 가지 않는다. 창문으로 하늘을 바라본다. 음악도 좀 듣는다. 학생의 과제를 읽고 수정해준다. 그러면서 예전에 감명 깊게 읽었던 책들로 다시 돌아간다. 이따금 누군가 내게 조언을 구하거나 부탁하기 위해 대담하게 문을 두드린다. 그는 야심만만하고 신뢰 가득한 표정으로 내 앞에 앉는다.

이곳은 잠시 머물다 가는 곳. 난 이 안에 정착할 수가 없다. 동료들은 날 무시하려 하고 나도 그들을 무시한다. 날 뻣뻣하고 다가가기 쉽지 않은 사람으로 보는 모양인데, 글쎄. 우리는 가까이 언제든 금방 찾아갈 수 있는 곳에 머물지만 난 홀로 동떨어져 있는 느낌이다.

나보다 앞서 이 사무실에 있던 이는 이따금 이곳에서 밤을 새운 듯하다. 궁금하다. 어디서 어떻게 잔 걸까? 바닥에서 담요를 깔고? 그는 시인이었다. 부인의 말에 따르면 그는 한밤중 인적이 전혀 없을 때 이 건물에 서리는 밤의 고요함을 사랑했다. 머릿속에 시상이 떠오르면 그는 시를 다 쓸 때까지 돌아가지 않았다. 반면 그의 집, 아내가 꾸며준 정돈되고 우아한 서재에서는 시가 떠오르지 않았나. 그는 이곳에서만 시를 썼다. 치치한

색감의 벽, 빛바랜 카펫 따위는 그에게 전혀 중요하지 않았다. 황량하고 음산한 분위기는 그의 창작에 도움이 됐다. 꿈꾸는 듯한 노신사였던 그의 머릿속에서는 번쩍이는 말들이 서로 섞이고 마침내 이 방에서 자리를 잡아갔다. 그는 이 년 전에 죽었다. 이곳에서 죽은 건 아니지만 그의 뭔가가 남아 있어서, 나는 이 방이 무덤이라 생각한다.

식 당 에 서

나는 종종 집 근처 한 식당에서 점심을 먹는다. 작은 식당이라서 만약 12시 안에 도착하지 못하면 자리가 없다. 그럴 경우 두 시간 넘게 기다려야 한다. 난 혼자인 다른 사람들, 대개 모르는 사람들과 홀로 식사를 하지만 가끔 낯익은 얼굴을 만날 때가 있다.

아버지가 요리를 하고 딸이 종업원 일을 한다. 딸이 어렸을 때 어머니를 잃은 것 같다. 그들 부녀지간에는 혈육을 넘어 가족의 죽음을 함께 겪음으로써 더욱 끈끈해진 유대감이 있다. 그들은 이 지역 출신이 아니다. 왁자지껄한 골목길에서 온종일 일하지만 외톨이다. 태양의 뜨거운 열기, 양들이 노니는 벌거숭이 언덕, 이따금 불어닥치는 서북풍이 뼛속에 사무치게 그립다. 배를 타다 바람을 막아주는 동굴 앞에 징박힌 그들 모습이 눈에 보인다. 딸은 뱃머리에서 물속에 뛰어들고, 아버지는 아직 살아 있는 물고기를 손에 들고 있는.

사실 딸은 종업원 노릇을 제대로 하지 않고 카운터 뒤에 있다.

"말씀하세요."

메뉴는 칠판에 삐뚤빼뚤한 글씨로 빼곡히 적혀 있다. 난 일주일 내내 다른 음식을 선택한다. 딸은 주문을 받아 아버지에게 말한다. 그는 늘 주방에서 뭔가 분주하다.

자리에 앉자 딸이 물 한 병, 종이 냅킨 한 장을 가져다 준 뒤 카운터 뒤 자기 자리로 돌아간다. 내 음식 쟁반이 선반 위에 놓이기를 기다렸다가 일어나 가지러 간다.

이 지역에서 일하는 회사원들과 여행객들 사이에 오늘은 딸과 같이 온 젊은 아빠가 있다. 대략 열 살쯤 되어 보이는 딸은 금발을 양 갈래로 땋았고 어깨는 의기소침하며 시선은 조금 산만하다. 보통 토요일에 그들을 보지만 이번주는 부활절 방학이라 학교 수업이 없다.

지금 아빠와 딸 사이에 벌어지는 일들이 보인다. 딸은 아빠 집에서 하룻밤 보내는 걸 거부하고, 늘 엄마하고만 자길 원한다. 예전 바로 이 식당에서 세 식구가 함께였을 때, 그들 모습을 본 적 있다. 엄마가 딸을 임신했을 때가 기억난다. 그 커플은 흥분했고 다정하게 얘기를 주고받았으며 주변 모두의 축하를 받았다. 그들은 딸을 낳고 가정을 꾸린 이후에도 점심을 먹으러 오곤했다. 놀이동산에 갔다 온 뒤, 광장에서 이것저것 사고 난 다음에 지치고 배고픈 기색으로 나타났다. 나처럼 외동딸이고 부모 가운데 앉아 있던 여자아이에게 난 동질감을 느꼈다. 내 아버지는 외식하는 걸 좋아하지 않았지만 말이다.

지난해 그 애 엄마가 떠나고 아빠 혼자 남았다. 그는 엄마와 너무나 밀착돼 있는 딸이 지금 자신이 자란 집에서, 딸을 기다리는 방에서 지내기를 원하지 않기 때문에 좌절감을, 아니 분노를 느낀다.

딸은 휴대폰을 가지고 장난을 치고 있고 아빠는 딸에게 말을 걸며 설득해보려 애쓴다. 같은 말을 반복하는 그의 모습이 안쓰럽다. 결혼이 깨진 것도 그렇지만 이 아버지와 딸 사이에서 감지되는 단절이 가슴 아프다. 그가 나쁜 여자와 이미 주체할 수 없는 열정에 빠져 아내를 배신했으므로 그 애 엄마가 떠났다고 말들 한다.

"지난주 학교생활은 어땠니?"

아버지가 묻는다.

소녀는 어깨를 으쓱한다.

"오늘 저녁 친구 집에 데려다줄래요?"

"영화관에 같이 갈 생각이었어."

"싫어요. 친구 집에 갈래요."

"거기서 뭐 하는데?"

"놀아요."

"그럼 다 놀고 갈까?"

"엄마 집에 갈래요."

이윽고 아빠는 포기하고, 이번주는 딸을 설득하려 더는 애쓰지 않는다. 그도 휴대폰을 만지작거린다. 딸은 조금만 먹다 말고 나머지는 아버지가 마저 먹는다.

봄 에

봄이 나는 힘들다. 이 계절은 설렘은커녕 기진맥진
케 한다. 새 빛은 어지럽고 그 번쩍임은 괴로우며 꽃가
루에 눈이 따갑다. 알레르기를 완화시키려면 매일 아침
알약을 복용해야 하지만 약을 먹으면 졸음이 온다. 그
래서 꾸벅꾸벅 졸게 되고, 결국 난 전혀 집중하지 못한
다. 점심시간에 벌써 잠자리에 들고 싶다. 낮에는 땀이
나고 저녁에는 추위에 죽을 지경이다. 일 년 가운데 이
변덕스러운 봄에는 어찌해야 할지 모른다.

내 인생의 모든 쓰라린 고랑은 봄과 관련돼 있다. 하
나같이 아픈 상처다. 이것 때문에 짙푸른 녹음, 시장에
처음 나온 햇복숭아, 동네 여인들이 입는 살랑거리는
플레어스커트가 괴롭다. 상실, 배신, 실망만을 떠오르
게 한다. 아침에 눈을 떴을 때 마지못해 잎으로 띠밀려

가야 하는 느낌이 싫다. 하지만 오늘은 토요일이라 나
갈 필요가 없다. 눈을 뜨지만 일어날 필요가 없다는 게
얼마나 즐거운지.

광 장 에 서

친구 부부의 딸이 비록 열여섯 살에 불과하지만 나처럼 이 도시에서 혼자 산다. 삼 년 전에 아버지, 새엄마, 자신보다 훨씬 어린 이복동생 한 명과 이곳에 왔다. 아버지는 화가이고, 언덕에 있는 아카데미에서 이 년 동안 권위 있는 장학금을 받았다. 난 그의 전시회에서 가족 모두를 만났다. 화가와 아내는 나의 집에 이탈리아어 수업을 받으러 오곤 했다. 딸은 오지 않았다. 딸은 이 지역 고등학교에 다녔는데 이 년 뒤 고국으로 돌아가지 않고 가족과 떨어져 이곳에 남기로 결정했다. 그애와 같은 처지에 있는 학생을 위해 고등학교에서 운영하는 기숙사에 방 하나를 얻었다.

난 흥미로운 전시회가 있을 때나 시즌 말 세일이 시작될 때, 그 이이에게 전화한다. 친구에게 딸을 잘 살피겠다고 약속했으므로. 비록 이 아이는 내 도움이 전혀 필요 없지만 말이다.

그 애가 자전거를 타고 광장을 달리는 모습을 봤다. 나보다 서른 살 어린, 딸뻘 되는 아이다. 하지만 어느새 여인이 되었고, 사람을 무장해제시키는 아름다움을 지녔다. 말을 하면서 웃음을 잃지 않는 소녀인데, 그게 얼마나 지금 잘 지내는지 말해주는 것 같다. 그 나이 때 나 같지 않다. 난 그때 남자친구 한번 사귀지 못하는 숫기 없고 자신감 없는 어린아이였다. 그 애가 부러워 탈선 한번 하지 않은 내 초라한 청춘을 애석해하지 않을 수 없다.

그 아이는 가족과 일주일을 보내고 막 돌아왔다. 가족과 다시 거리를 두게 돼 들떠 있다. 일주일 내내 가족과 함께 있는 건 고통이라고, 아버지와 새엄마는 계속 싸워서 틀림없이 헤어질 거라 말했다.

"부모님이 서로 사랑하지 않니?"

"어휴. 아빠는 그림밖에 모르고, 새엄마는 바람을 피우면서 아빠를 비난하고 신경질만 부려요."

"그럼 네 친엄마는? 친엄마를 만나니?"

"호감 가지 않는 딴 남자와 재혼했어요."

그 애가 마시는 석류 주스가 새빨간 피 한 잔 같았지만 난 그걸 말하지 않는다. 그 애는 배고프다며 크루아상 하나를 부탁한다. 크루아상을 잘라 반씩 나눈다. 조금 맛보더니 냅킨에 남은 조각을 놓는다.

우리가 광장에 앉아 있는 동안 그 애는 다른 사람의 시선을 끌었지만 신경 쓰지 않는다. 부모가 어려워하는 이탈리아어를 그 애는 아주 잘한다. 외국인 같지 않다. 오히려 어디서든 편하게 지낼 수 있는 사람 같다.

딸이 걱정되는 부모는 마음을 바꿔 그들 근처 대학에 다니길 바란다. 그 애 부모와 전화 통화를 할 때 난 그들이 이미 딸을 잃었다고 알리지 않는다.

그 애는 꿈도 계획도 많다. 세상을 바꿀 수 있을 거라 아직 믿는다. 이미 세상에 대항할 용기를 가졌으며 이곳에서 자신의 미래를 만들어나가고 싶어 한다. 이 소녀가 난 사랑스럽다. 어떤 식으로든 그 애의 에너지가 영감을 준다. 동시에 나를 떠올리며 의기소침해진다. 그 애가 자신을 따라다니는 남자애들 얘기와 웃음이 터져 나오는 새미닌 일화들을 들려줄 때 무력감을 지울 수 없다. 겉으론 웃지만 속으론 가슴 아프다. 난 그 나이 때 사랑을 몰랐다.

난 무엇을 했을까? 책을 읽고 공부하고 부모님 말씀에 순종했다. 하지만 결국 난 부모님을 만족시키지 못했다. 내 생활이 싫었고, 외톨이가 되리라는 걸 이미 알고 있었다.

"어제 네 아버지와 통화했는데, 거기에 비가 많이 내린다더구나."

"전 이제 그 나라와 상관없어요."

"그곳에서 지내는 게 왜 싫으니?"

"새엄마를 참을 수 없어서요. 자기 생활이 없고 자기 목소리가 없어요. 친엄마도 똑같아요. 그래서 아빠가 엄마를 떠난 거예요. 아빠는 그런 유형을 못 견디죠. 전 아줌마처럼 독립적이고 강한 여자가 되고 싶어요."

나도 그녀들과 똑같다고 그 애에게 말하고 싶었다. 하지만 난 침묵한다. 그 애가 먹지 않은 크루아상 조각을 종이 냅킨에 돌돌 싸서 잔 안에 살포시 넣는 모습을 지켜본다. 나는 계산서를 요구한다.

대 기 실 에 서

마흔다섯 살 이후, 좀처럼 병원에 가지 않았던 긴 행운의 시기를 보내고 나서 난 몸의 이상을 느끼기 시작했다. 알 수 없이 이곳저곳이 아프고 이상 증상이 갑자기 나타났다가 사라지곤 한다. 눈 안쪽에 계속 안압이 있고, 팔꿈치가 몹시 쑤셨으며, 얼굴 한 부분이 한동안 마비되는 듯했다. 복부에 퍼진 붉은색 둥근 반점들이 심한 가려움증을 일으켜서, 한번은 응급실에 가야 했을 정도다. 결국 연고로 충분했다.

며칠 전부터 목 안쪽에서 이상한 감각, 불규칙한 맥박을 느낀다. 집에서 소파에 앉아 책을 읽을 때만 그런 증상이 일어난다. 긴장을 풀고 편히 있으려 할 때 말이다. 몇 초 계속되다 사라진다. 아침에 내가 가는 카페의 바리스타에게 그 얘기를 했다. 이유는 모르겠지만 슬쩍히 증상을 얘기하자 그가 내게 말했다.

"검사를 받아보세요. 심장과 뇌를 연결하는 혈관이 그곳에 있으니 꼭이요."

내 옆에 서 있던 신사, 아침에도 맥주를 마시던 퇴직한 역사학 교수가 덧붙였다.

"저, 내 불쌍한 아내에게도 그런 비슷한 증상이 일어났습니다."

그래서 나는 의사를 찾아갔다. 의사는 날 진찰하고 허접한 기구로 심장 박동을 검사한 뒤, 심장외과의에게 가볼 것을 권했다.

"아마 별문제 아닐 겁니다. 하지만 당신은 이제 더는 젊지 않습니다. 검사를 받아보는 게 좋겠습니다."

그는 날 병원으로 보냈다.

조금 어두운 방에는 전등이 꺼져 있다. 보통 따뜻한 걸 좋아하는데 난방이 너무 세다. 난 곧장 재킷과 스카프를 벗는다. 다른 환자 한 명이 기다리고 있다. 그 안에 갇힌 또 다른 여인이다. 나보다 스무 살쯤 많아 보인다. 여인은 다정한 데라곤 없는 눈빛으로 날 유심히 바라보는데, 눈에 표정이 없다. 목걸이와 엉킨 스카프를 좀처럼 벗지 못한다. 참 우스운 모습이다. 여인은 마치 우리 사이에 스크린이 있고 내가 텔레비전에 나오는 인물이라도 되는 양 계속 쳐다본다. 난 목걸이 고리를 풀고 어찌할 바 모른 채 자리에 앉는다.

"이 의사는 어떤가요? 훌륭한가요?"

"잘 모르겠는데요."

난 십오 분 넘게 기다리고 있다. 여인도 그런 듯하지만 이름이 불리지 않는다. 그 여인은 책을 읽지도, 아무것도 하지 않는다. 여인은 이제 더는 스크린을 통해서도 날 보지 않는다.

불행히도 나 역시 가방에 책을 넣어 오는 걸 잊어버렸다. 난 잡지를 보지 않는다. 건강과 심장 관리에 대한 팸플릿 몇 개만 본다.

이 여인의 질병은 뭘까? 지금 두려움을 느끼고 있을까? 이곳에 우리 둘뿐이므로, 난 그녀에게 그걸 물어보고 냉랭한 분위기를 깨뜨리고 싶은 유혹을 받는다. 하지만 그러지 못한다.

지금 이 순간 어떤 맥박도 느끼지 않지만, 조만간 목 안쪽 심장과 뇌를 이어주는 혈관이 있는 곳에서 그 마연한 떨림이 돌아올 것이다.

이 여인은 동행자가 없다. 요양보호사도, 친구도, 남편도 없다. 나 역시 이십 년 뒤 어떠한 이유로 이 여인처럼 병원 대기실에 있게 될 때, 곁에 아무도 없을 거라는 걸 그녀가 눈치챌까 두렵다.

서 점 에 서

나는 어쩔 수 없이 예전 남자친구와 마주치고 만다. 내 인생 가운데 오 년 동안 사귀었던 의미 있는 유일한 남자였다. 그를 보고 인사할 때마다 내가 그를 사랑했었다는 게 놀랍다. 그는 같은 동네에서 혼자 산다. 잘생겼지만 말랐다. 안경테와 가느다란 손가락 때문에 똑똑한 지식인 같지만 사실 능력도 없이 야심만 큰 불평불만이 많은 중년의 남자다.

오늘 난 그를 서점에서 만났다. 종종 그를 이곳에서 본다. 그는 작가가 되고 싶어 한다. 뭔지 모르겠지만 계속 노트에 끄적이곤 했다. 하지만 그가 쓴 글 어떤 것도 빛을 본 적이 없다.

"이 책 읽었어?"

최근에 상을 받은 책을 보여주며 그가 묻는다

"들어본 적이 없는데."

"읽어봐야 해."

그가 날 보더니 덧붙인다.

"잘 지내는 모양이네."

"그런가."

"난 별로야, 어제 저녁에는 한잠도 못 잤어."

"어째서?"

"맨날 성가시고 귀찮아, 집 아래 바에서 젊은 애들이 너무 시끄럽게 굴어. 나른 십을 찾아야겠어."

"어디에?"

"이 고통스러운 도시에서 아주 먼 곳으로. 바닷가나 문명의 손길이 닿지 않은 산에 작은 집을 살 생각이야."

"그래?"

절대 그런 일은 일어나지 않을 것이다. 그는 그럴 타입이 아니다. 겁이 많다. 사귈 때 난 그의 말을 듣기만 했고, 그의 문제를 시시콜콜한 것까지 모두 해결하려 애썼다. 허리 통증이 재발할 때마다, 생존의 위기가 생길 때마다. 하지만 지금은 그의 심한 불안, 그의 불평에 휩쓸리지 않은 채 그를 담담히 바라본다.

그는 뭘 정리하거나 기억할 줄 몰랐다. 주의력이 없는 건 나와는 정반대였다. 냉장고에 뭐가 있는지 살피지 않아서 똑같은 물건을 두 번 샀고, 우리는 남아돌아 썩은 음식을 버려야 했다. 그는 항상 늦었고, 늘 뭔가 일이 생겼다. 우리가 몇 번이나 영화 전반부를 놓쳤는지 모른다. 처음에는 미칠 듯 화가 났지만 이내 적응했고, 그를 사랑했기에 용서하곤 했다.

함께 휴가를 갈 때마다 그는 운동화, 피부 보호 크림, 메모 노트 등 언제나 뭔가 중요한 것을 빼먹고 왔다. 두꺼운 스웨터나 가벼운 셔츠를 여행 가방에 넣는 걸 잊어먹었다. 그는 열이 자주 났다. 그가 호텔 침대에서 쉬거나 식은땀을 흘리며 이불 아래서 창백한 얼굴로 자는 동안 난 혼자서 여러 소도시를 방문했다. 그의 집에서 수프를 끓여주고, 따뜻한 물주머니를 마련해주고, 약을 사러 내려가곤 했다. 그를 간호하는 게 싫지 않았다. 그는 부모를 일찍 여의었다. "난 세상에 너뿐이야"라고 그는 말했다.

그의 집에서 기꺼이 요리를 해주었고, 장을 보느라 오선 시간을 다 보내곤 했으며, 그에게 머을 만한 것을 마련해주기 위해 도시를 돌아다녔다. 맛있는 치즈나 좀 더 싱싱한 가지를 찾아 이 동네 저 동네를 쓸데없이 다니던 기억이 난다. 상을 차리고 나면 그가 식탁에 앉아 말했다.

"난 당신이 끓여주는 수프 없이, 당신이 구워준 치킨 요리 없인 살 수 없을 것 같아."

난 내가 그의 세상의 중심이라고 믿으며 프러포즈해주기를 기다렸고, 그걸 당연한 것으로 여겼다.

그러던 4일 이느 닐, 누군가 집 인터폰을 눌렀다. 그라고 생각했다. 그런데 나만큼 내 약혼자를 잘 알고 있는 또 다른 여인이었다. 우리가 만나지 않은 날에 그녀는 그를 만나왔다. 거의 오 년 동안이나 이 여인과 같은 약혼자를 나누었다. 그녀는 다른 동네에 살고 있었고, 내가 그에게 빌려준 책 때문에 내 존재를 알게 됐다. 그는 내가 빌려준 책을 어리석게도 그녀에게 빌려줬다. 그 책 안에 쪽지, 내 이름과 주소가 있는 병원 진료 영수증이 끼여 있었다. 그동안 그들 관계에서 이해되지 않던 모든 것이 일순간 아주 명확해졌고, 자신이 반쪽 애인이었음을 깨달았다. 우리가 셋이었다는 걸.

"당신이 그 영수증을 찾아냈고, 나한테 갈 거라고 그에게 말했나요?"

충격을 추스른 뒤에 내가 물었다. 자그마한 키, 바가지 머리에 예민해 보이는 눈, 따뜻한 안색을 가진 여인이었다. 그녀는 서두르지 않고 말했다. 목소리가 유쾌했다.

"그에겐 아무 말 안 했어요. 쓸데없는 짓 같아서요. 당신을 알고 싶었을 뿐이에요."

"커피 마실래요?"

우리는 자리에 앉아 대화를 시작했다. 수첩을 꺼내 두 여자가 한 남자를 두고 지내온 평행 관계를 시시콜콜 상세히 비교해보았다. 휴가, 기억에 남는 순간들, 허리 통증, 감기. 가슴 찢어지는 긴 이야기였다. 서로 주고받은 자세한 정보와 자료는 의문을 풀어주며 나도 모르는 사이 꾸었던 악몽을 환히 밝혀주었다. 우리는 악몽에서 살아난 두 생존자였고, 그래서 이제 서로 공모자같이 느껴졌다. 그녀의 모든 말과 모든 폭로가 내게 상처를 줬다. 하지만 인생이 산산조각 나는 동안 난 홀가분해지는 걸 느꼈다. 태양이 지고 우리는 배가 고팠

다. 더는 할 말이 없어지자 우리는 허기를 채우려고 밖
으로 나갔다.

마 음 속 에 서

외로움을 즐기는 건 내 전문이 됐다. 훈련의 문제다. 난 외로움을 완벽히 누리려 애쓰지만 그로 인해 고통스럽고, 외로움에 익숙해졌더라도 가끔은 혼란스럽다. 아마 어머니의 영향일 것이다. 엄마는 항상 고독을 두려워했고 지금의 노년 생활은 엄마를 점점 의기소침하게 만들었다. 엄마에게 전화해 어떻게 지내는지 물을 때 간단히 "좀 외롭구나" 하고 대답할 정도다. 엄마에겐 재미있고 놀라운 일이 부족하다. 사실 엄마를 사랑하는 많은 친구들이 있고 나보다 더 복잡하고 활발한 사회생활을 하고 있는데 말이다. 예를 들어 최근 엄마를 만나러 갔을 때 전화벨이 끊임없이 울려댔다. 그런데도 뭔지는 모르겠지만 엄마는 뭔가를 기다렸고, 나는 곧 시간이 흘리기는 게 버거워졌다

어릴 적 아버지가 있을 때도 엄마는 늘 날 꼭 끌어안았다. 우리 사이에 작은 틈이라도 생기는 걸 원하지 않았다. 외로움이 악몽이나 말벌이라도 되는 듯 엄마는 외로움으로부터 날 지키고 보호해줬다. 내가 독립해 집에서 도망 나올 때까지 우리는 단단히 붙은 혼합물이었다. 난 엄마와 그 무서운 것, 채울 수 없는 공허 사이에 낀 방패였을까? 날 이런 생활로 이끈 것은 엄마의 두려움을 두려워해서일까?

지금 우리는 둘 다 혼자고, 마음속 깊은 곳에서 엄마는 단단히 들러붙은 예전 상태로 다시 돌아가 외로움을 떨쳐내고 싶어 한다는 걸 안다. 엄마 생각에 우리에게 가장 좋은 해결책일 것이다. 하지만 같은 도시에 사는 걸 거부하기 때문에 그 확고한 내 의사가 엄마를 아프게 한다. 외롭고 집에서 나갈 때 불을 끄지 않더라도 혼자 사는 게 좋고 내 시간과 공간의 주인임을 느끼고 싶다고 말한다면, 엄마는 날 못 미더운 눈초리로 바라보며 외로움은 결핍일 뿐이라고 말할지 모른다. 엄마는 그것에 대해 생각해보려 하지 않는다. 내가 만들어나가는 작은 만족들은 엄마를 만족시키지 못한다. 나에 대한 엄마의 집착에도 불구하고 엄마는 내가 보는 시각에는 관심이 없다. 내게 진짜 외로움을 가르쳐준 것은 바로 이 격차다.

박 물 관 에 서

철도역에 붙어 있고 그래서 사람들 왕래가 많은데도 이 박물관, 내가 좋아하는 이곳은 항상 한산하다. 난 오후 늦게 일이 끝나고 종종 박물관을 찾는다. 모자이크, 실내장식물, 프레스코 벽화, 마룻바닥 앞에서 서로 잡담을 나누며 온종일 접이식 의자에 앉아 보내는 수위들을 안다.

박물관은 고대 주택을 전시한다. 고대 주택들을 땅에서 파내어 분리하고 장소를 옮겨 원래대로 다시 배치해 대중에 공개한다. 침실 몇 개를 다시 짓고 빨간색, 노란색, 어두운 색, 검은색, 하늘색으로 벽을 칠했다. 몇백 년 전에 다른 사람들이 자고 꿈을 꾸고 지루한 일상을 보내고 사랑을 나누던 방들이다.

옛날에 황후가 쓰던 가장 아름다운 방은 벽에 울창

한 나무, 꽃, 감귤나무, 동물들이 그려진 정원이다. 쪼개진 석류, 나뭇가지에 앉아 있는 새들이 보인다. 색 바랜 고정 무대다. 잔가지가 풍성한 나무들이 바람에 쓰러질 듯하다. 바람이 공간을 감싸며 자연을 흔드는 듯한데, 역설적이게도 모든 걸 살아나게 한다.

이 방 한가운데 검은 가죽으로 감싼 부드러운 벤치 두 개가 있다. 난 태양을 보기 위해 자리에 앉는다. 유리 천장을 통해 빛이 들어와 나무와 덤불의 색을 바꾸어놓는다. 변하는 빛이 이 정원을 계속 환히 밝혔다가 어둡게 한다. 지상의 모습이지만 바다, 파란 얼룩 물속에서 수영할 때를 떠올리게 해준다.

몇 분 뒤 이 방에 한 우아한 여인이 들어온다. 내 또래로 보인다. 아마 외국인일 것이다. 우연히 이 도시를 방문하게 된 거겠지. 출장 온 남편을 따라왔으나 남편이 온종일 바빴을 터다. 체념한 분위기지만 약간 화가 난 눈치다. 혼자 관광에 나선 길이다.

여인은 방에 관심이 없으며 놀라지도 않는다. 이 놀라운 공간에서 오늘 얼마나 걸었으며, 얼마나 피곤한지만 생각하고 있을지 모르겠다. 다른 나라에서 그녀를 기다리고 있을 집을 떠올리고 있을 수도 있다. 익숙한 그 주거지가 벌써 그리워서. 몇 군데 교회, 분수를 구경하고 와서 지금 이곳에는 별 감흥이 없는 것일지도. 그녀가 묵는 호텔은 작고, 방은 너무 덥거나 아니면 너무 추울지도. 분명 시차 때문에 잠을 못 잤을 것이다.

여자가 편안한 긴 의자 위에 앉는다. 밖으로 나가 다시 시내를 살피며 길을 찾아갈 뜻이 더는 없다. 사방 벽을 주의 깊게 살펴본 뒤 여인은 시선을 거두고, 고개를 숙여 아래를 바라본다. 부은 발, 신발을 쳐다보며 요 며칠 걸어 다녔던 길을 생각해본다. 넓은 도시를 걸어 다니며 점점 더 외롭고 피곤했다. 이 방의 아름다움이 그녀를 감동시키지 못하지만 기운을 다시 차릴 기회를 준다.

여인이 눈을 감고 내가 있건 말건 상관없이 긴 의자 위에 몸을 누인다. 눈을 감은 채 가지런히 누워 있다. 그렇게 그녀는 그 방을 살려내고, 내가 늘 조심스레 건넜던 그 문턱을 넘어와 완전히 방을 소유한다.

심 리 상 담 사 의 집 에 서

약 일 년 동안 난 심리상담 치료를 받았다. 심리상담
사는 내가 가본 적 없는 조금 먼 동네에 살았다. 건물은
고풍스러운 분홍색이었다. 안뜰에는 석관, 무성한 나
무, 양손잡이 항아리가 있었다. 승강기 문은 폭이 좁았
으며 나무와 유리로 만들어진 내부 공간은 협소했다.
아파트 역시 가라앉은 분위기에 늘 어두침침했고 창문
덧문은 반쯤 닫혀 있었다. 환자를 위한 자줏빛 소파가
입구에 놓여 있었다. 방은 호화스러운 옷장 하나가 들
어갈 몇 미터 길이였지만 천장이 아주 높았고 책들이
꼭대기에서 바닥까지 벽면들을 다 덮었다. 내가 그 심
리상담사를 선택한 건 아마 단순히 그 안뜰에 들어가서
그 승강기에 타고 그 방에 가는 것이 너무 좋았기 때문
일시 모른다.

난 소파에 누웠고, 상담사는 내 앞 안락의자에 앉아 날 바라보았다. 아니 날 보지 않았을지도 모르겠다. 짙은 색 눈에 치아가 벌어진 아름다운 여인이었다. 문 뒤로는 가족과 함께하는 생활공간이 있었다. 식료품이 가득한 찬장, 설거지할 접시들, 한쪽에 널린 빨래. 나는 환자들 치료에 쓰이는 구역만 알았다. 한 번에 하나의 고민을 받아주는 치료소다.

상담사는 늘 같은 것을 내게 요구하곤 했다. "자, 시작해보세요." 매번 처음 만난 것처럼, 한 번뿐인 만남같이 굴었다. 모든 진료가 절대 전개되지 않는 소설의 시작 같았다.

내가 상담사에게 뭘 얘기했었을까? 꿈, 악몽, 실없는 짓. 때때로 일어나는 엄마의 분노 폭발, 내게 상처를 남겼던 소동, 엄마는 기억조차 못하는 끔찍했던 순간들. 나는 엄마가 나에 대해 어떻게 생각하는지 얘기했다. 엄마가 어떻게 내게 얼마나 상처를 주는지. 엄마는 지금 체중이 가벼운데도 여전히 내 앞을 막고 있고, 늙어 움직이기 힘든데도 내 생활을 침략한다. 아버지는 일찍 돌아가셨는데, 거의 십오 년이 됐다.

"최근에 자꾸 나쁜 꿈을 꿔요."

어느 날 내가 상담사에게 말했다.

"예를 들면요?"

"아주 커다란 네모 유리 상자 안에 내 피가 가득 차 있어요."

"당신 피라는 걸 어떻게 알았죠?"

"그건 기억이 나지 않아요. 하지만 내 피예요."

"또 다른 꿈은요?"

"며칠 전 내 침대가 꿈에 보였어요. 시커먼 곤충들이 득시글거렸죠. 시트 아래 득실득실했어요."

"곤충들에 둘러싸여 잠을 잤나요?"

"네, 하지만 곤충이 득실거린다는 걸 알자마자 화들짝 놀라 일어났어요. 곤충들을 잘 살펴보니 마치 사람 눈처럼 친근한 눈망울을 갖고 있어 귀엽더군요. 그 작은 것이 날 안심시켰어요."

"그러니까 유리 그릇 안에 들어 있던 피의 이미지가 가장 충격적인 꿈이었나요?"

"그런 것 같아요."

진료 때마다 긍정적인 뭔가를 얘기해야 했다. 불행히

도 어린 시절에서는 긍정적인 이야깃거리가 별로 나오지 않았다. 그래서 나는 태양이 아름답게 빛날 때, 아침 식사를 할 때 집의 발코니에 대해 이야기했다. 그리고 야외에서 따뜻한 펜을 손에 쥐고 몇 줄 끄적이는 즐거움을 말하곤 했다.

발 코 니 에 서

나 역시 친구를 위해 상담사 노릇을 한다. 친구는 나처럼 사십 대 여인이지만 늘 숨이 차도록 바쁘게 뛰어다니며 산다. 내게 부족한 모든 것을 가졌다. 남편, 아이들, 지속적인 일, 시골 별장. 부모님이 내게 바랐던 삶을 실현했다. 친구는 열심히 일한다. 중요한 직책을 맡고 있어 전 세계를 돌아다녀야 한다. 가족을 내버려두고 한 달에 적어도 한 번 공항에 간다. 언제든지 짐을 싸 떠날 준비가 되어 있는데, 비행기 타는 걸 무서워하기 때문에 진정제 한 통을 챙긴다. 죄책감에 시달리지만 일을 늦추지도 절대 멈추지도 않는다.

가끔 날 찾아오는데, 내 정돈된 집이 친구에게 피신처같이 느껴지는 모양이다. 친구에게 차 한 잔을 준비해준다. "여기서만 난 숨을 쉴 수 있어"라고 친구가 말한다. 소음이 들리지 않고, 사방에 너저분하게 널린 물건들도 보이지 않는다. 친구는 책 몇 권이 쌓여 있고 바다에서 주운 조약돌이 몇 개 놓인 작은 유리 테이블을 아주 좋아한다.

친구가 말한다.

"내 집에서는 빈둥거릴 수가 없어. 늘 할 일이 있어서 아무 생각 없이 소파에 잠깐 앉지도 못해. 테이블은 언제나 어지럽고, 그걸 볼 때마다 마음이 무너져. 잠을 잘 때 빼고 집에서 즐기지 못해. 하지만 그 집을 만들기까지 얼마나 많은 돈을 썼는지 몰라. 내게 작은 구석 자리면 충분하다는 거 아니? 너희 집처럼 편안한 집이 그리워."

친구는 결혼하기 전에 그런 집을 가졌었다. 내게 그 집 얘기를 하곤 했다. 작은 거실, 안뜰이 내다보이는 침실, 카펫을 핥는 아침 햇살. 거리의 소음, 부족한 난방은 중요하지 않았다. 어느 날 친구가 고백하길 비행기 공포에도 불구하고 벽감 같은 비행기 좌석, 침대로 변하는 의자, 등 뒤의 전등, 손 닿는 곳에 필요한 것이 있다는 사실이 즐겁단다.

오늘 친구는 초조한 표정으로 담배를 피운다. 우리는 작은 발코니에 자리를 잡았다. 금속 의자 두 개가 들어갈 정도의 공간이다. 최근에 긴 외국 출장에서 돌아왔는데 막내딸이 쓴 공책을 봤다고 말한다. 엄마가 없이 자신이 버려졌다고 느끼는 소녀의 이야기다. 이렇게 시작한다.

"옛날 옛날에 늘 혼자라고 느끼는 소녀가 살았습니다. 엄마가 잘 자라는 인사를 거의 해주지 않기 때문에 매일 밤 울다가 잠드는 소녀였어요."

내게 공책을 보여준다. 이야기는 연필로 쓰였는데, 정성들여 그린 그림도 있다. 친구처럼 짙은 색 짧은 머리에 목에 스카프를 두르고, 입술에 루주를 바르고, 여행 가방을 챙겨든 엄마를 그렸다. 옆에 엄마를 태우고 갈 택시가 있다.

"네가 공책을 보관해줄 수 있니?"

친구가 내게 부탁한다.

"왜?"

"날 위해 일부러 적은 것이기 때문에 내 거고, 이걸 간직해야 할 의무를 느껴. 잃어버리고 싶지 않아. 하지

만 내 집을 믿지 못하겠어. 그곳에선 아무것도 남아나
질 않아. 나 자신조차 찾지 못해. 그리고……"

"그리고?"

"남편이 공책을 보길 원하지 않아."

나는 공책을 한쪽에 놓으며 말한다.

"내가 보관해줄게."

"좀 쉬어가며 일하는 게 어때?"

내가 덧붙인다.

"다음 주에 다시 떠나. 바쁜 시기야. 여름에는 좀 한
가해지면 좋겠어."

친구는 남편의 가족에 대해, 시부모의 중요한 기념일
을 축하하기 위해 남편 가족과 휴가를 보내야 하는 고
통을 이야기한다.

"난 가고 싶지 않아. 남편 가족과 사흘을 보내고 나면
미칠 것 같다니까."

난 묻고 싶다. "하지만 네 남편이나 아이들과도, 네
집에서 그렇지 않니? 그래서 넌 늘 출장을 떠나고 한
달에 두 번 도망치는 거 아니니?"

난 친구에게 묻지 못한다. 친구를 좋아하기에, 푸념

을 들어준다. 햇살이 따가워 셔츠 아래 피부가 따끔거린다.

수 영 장 에 서

일주일에 두 번 나는 항상 저녁때 식사 대신 수영장에 간다. 그곳, 물고기도 조류도 없는 맑은 물 가득한 풀장에서 같은 사람들을 본다. 그 사람들과 어떤 식으로든 연결됐다고 느낀다. 우린 서로 약속하지 않아도 만나게 된다. 그들도 일상의 번거로움에서 탈피하기 위해 일주일에 그 요일, 그 시간을 선택한 것이다.

다리가 불편한 노부인이 지팡이를 짚고 걷는다. 공간은 원형극장과 비슷한데 노부인은 탈의실에서 수영장 가장자리까지 힘들게 내려온다. 계단을 통해 풀장으로 들어가 얼굴을 계속 물 밖에 놓은 채 수영한다. 그녀 옆에서 머리가 맨질맨질한 청년이 쉬지 않고 한 시간 넘게 헤엄을 친다. 힘차게 몸을 움직여 풀 가운데까지 밀고 갔다가 수면 위로 올라온다. 수영장은 아주 크고, 여러 레인이 있다. 거의 여덟 명이 다 찬다. 분리된 여덟 개의 삶이 서로 마주치지 않고 그 물을 함께 나눈다.

나는 피곤해지기 전까지 사십 분이나 오십 분 머문다. 수영을 특별히 잘하지 않으며, 물속에서 회전할 줄도 모른다. 방향 전환하는 법을 배우지 않았다. 아마 물속에서 눕는다는 생각이 날 불안하게 했는가 보다. 대신 나는 평상시 나대로 움직임이 약하지만 멋진 자유형 수영을 한다.

물속에서 나는 생활에서 멀리 떨어진다. 생각이 녹아 장애물 없이 술술 풀려나간다. 물이 날 보호해주고 무엇도 건드리지 않기에 몸, 마음, 우주 전체가 참을 만해지는 듯하다. 수영장 바닥에 불안한 명암을 투사하며 연기처럼 흘러가는 빛의 유희를 몸 아래로 관찰한다. 날 재생시켜주는 요소가 감싼다. 내 어머니는 물속에서 살아남을 수 없을 것이다.

어렸을 때 수영장에 날 데려간 사람은 바로 엄마였다. 내가 물에 뜨고, 호흡하고, 발차기하는 법을 배우는 동안 엄마는 기다렸고, 늘 살짝 불안한 표정으로 앉아 위에서 지켜봤다. 어머니와는 달리 붉은 날 삼싸수뇌

익사시키지 않는다. 눈과 코에 물 몇 방울이 잠깐 들어가지만 몸은 견뎌낸다. 수영은 내 내부를 깨끗이 닦아준다.

탈의실에서 다른 여인들이 서로 이야기를 주고받는 동안 종종 몹시 가슴 아픈 이야기들이 내 귀에 들려온다. 여자들은 샤워를 하면서, 수영복을 벗으면서, 몸을 꼰 어색한 자세로 다리와 겨드랑이와 사타구니 털을 면도하면서 무서운 이야기를 나눈다.

어느 날 젊은 엄마가 "여기서 당신을 보지 못한 지 꽤 됐네요" 하고 간단히 인사말을 건넨 부인에게 대답한다. 자신의 18개월 된 아들의 암에 대해. 이미 두 번 수술을 받았고, 더 좋은 병원을 찾아 전전했지만 치료받다 몸이 상해 늘 금방 재발한다는 거였다.

며칠 뒤 대화의 대상이 된 사람은 그 두 여자가 아는 다른 여인의 성인 아들이었다. 가족과 휴가를 보내다 사고를 당했다. 사소한 낙상 사고였는데, 지금 마비가 돼서 아마 다시는 걸을 수 없을지도 모른다는 얘기였다.

"끔찍한 일이네요."

여인은 이렇게 말하며 헤어드라이어를 켜고 몸단장

을 했다.

오늘은 일주일에 네 번 수영하러 오는 팔십 대 부인이 인상적인 기억을 나누었다. 노부인은 젊을 적 큰 파도에 휩쓸린 적이 있기 때문에 바다를 두려워했다.

"익사할 뻔했어."

노부인이 아직도 믿어지지 않는다는 듯 말한다.

"모래사장으로 떨어졌을 때 코에서, 입에서, 귀에서 물이 나왔지. 양쪽 팔은 온통 찰과상을 입었고 말이야."

이모와 함께 수영했는데, 이모는 놀란 조카를 보자 손을 잡았지만 그 인간 닻은 오히려 상처만 입혔을 뿐이었다. 그냥 그대로 물에 빠지는 것이 더 나았을지도.

난 노부인의 어릴 적 모습을 상상하려 했지만 쉽지가 않다. 검버섯투성이인 뒤틀리고 구부정한 몸이다. 노부인이 옷을 입고, 머리를 빗고, 결혼반지를 포함해 몇 개의 반지를 손가락에 다시 낀다.

우리 여인들이 벌거벗은 젖은 몸으로 가슴과 배에 난 상처, 넓적다리의 타박상, 등에 난 점을 서로 보여주는 이 눅눅하고 녹이 낀 환경에서 불행을 말한다. 남편, 자식, 늙어가는 부모에 대해 불평한다. 거리낌 없이 금지

된 생각들을 드러낸다.

난 그 상실과 불행을 느끼면서 수영장의 물은 이제 그렇게 맑지 않다는 생각을 한다. 이 물은 고통과 고뇌를 알고 있고, 오염됐다. 일단 다시 흘러 들어온 물도 알 수 없는 불안에 침범당한다. 그 모든 고통은 이따금 귀로 들어가는 물처럼 다시 흘러나오지 않는다. 아니 정신 속에 고이고, 몸 구석구석에 배여 있다.

노부인이 가방을 잠그고 친절하게 인사한다. 나가기 전, 사워하고 몸을 말리는 내게 말한다.

"옷장에 당신에게 어울릴 만한 옷들이 많다는 거 알아요? 우아한 옷이지만 난 입을 수가 없지 뭐야. 다음 번에 그 옷들을 가져다줄까?"

그러더니 담담하게 덧붙인다.

"난 생기를 잃은 지 수십 년이야."

길 에 서

.

    교차로 신호등을 기다리는 보행자 무리 사이에서 그들이 보인다. 골목에 사는 내 친구들, 이따금 다리 위에서 만나는 인상 좋은 그 남자다. 다가가 인사하기 위해 서둘러보지만 그들이 말다툼 중임을 눈치챈다. 대로 주변은 혼잡하다. 혼란 가운데 그들이 다투는 소리는 들린다. 동시에 말을 하고 있는 탓에 문장이 서로 겹쳐 무슨 얘기를 하고 있는지 알 수가 없다. 이윽고 내 여자친구의 목소리가 도드라져 나온다.

    "건드리지 마, 당신 정말 짜증나."

    난 그들을 따라가기 시작한다. 가야 될 상점에 들어가지 않는다. 그리 급할 거 없다. 우리는 모두 큰길을 건넌다. 그는 잘생겼고 홀쭉하며, 내 친구는 약간 헝클어진 긴 머리를 하고 있다. 불꽃색 빈고드를 입었다.

그들은 마치 주변에 아무것도 없고 한적한 해변이나 아니면 집에 처박혀 있기라도 한 듯 전혀 주변을 신경 쓰지 않고, 공공장소에서 소란을 피우는 것을 부끄러워 하지 않는다. 신랄하고 사나운 말다툼이 더 격해진다. 이 도시에서 그들 둘만이 존재하는 듯하다.

내 친구는 격분해 있고, 그는 처음에는 친구를 달랜다. 그러다가 그도 벌컥 성질을 부리더니 친구만큼 격하게 화를 낸다. 많은 사람들 앞에서 그렇게 사적인 얘기를 주고받는 것은 예의 없는 행동이다. 비난의 말이 대기를 찌르고 파란 하늘에 스며들어 검게 물들이는 어떤 물질 같다. 그의 다소 사악한 표정이 내겐 충격이다.

다음 교차로에서 아내가 남편에게 말한다.

"보이지, 저기 두 사람?"

아내는 한 노년 부부를 가리킨다. 그들은 서로 손을 꼭 잡고 발을 맞추어 조용히 걸어간다.

"우리도 저렇게 늙어가길 바랐어, 알겠어?"

비록 두 사람은 어린아이처럼 행동하고 있지만 그들도 결코 젊은 나이가 아니다. 큰길을 건너자 덜 붐비는 거리로 들어온다. 난 몇 걸음 뒤에서 계속 그들을 따라

간다. 왜 싸웠는지 알게 되었다.

그들은 학기말 음악회에 참석하려고 딸이 다니는 학교에 갔었다. 그 뒤 그들은 커피를 마셨다. 커피를 마시자 아내는 택시를 타고 집으로 돌아가길 원했지만 남자는 걸어가고 싶어 했다. 그는 아내를 위해 택시를 불러주고 자신은 혼자 걸어 돌아가겠다고 했다. 그런데 이 제안이 이성을 잃어버릴 정도로 그녀를 화나게 했다.

결혼 초, 그가 아내를 깊이 사랑했을 때는 그런 종류의 일이 일어나지 않았다고 아내가 지금 말하고 있다.

"이건 나쁜 신호야."

아내가 말한다.

그는 냉랭하게 대답한다.

"당신 제정신 아니야, 아무 의미 없는 말을 하고 있다고."

"당신 마음대로 하잖아. 우리에게 이젠 해결 방법이 없어."

이 말을 선포한 뒤 아내는 울기 시작한다. 하지만 그는 계속 몇 발자국 앞에서 걸어간다. 그러다 다음 교차로에서 걸음을 멈추었고, 아내가 남편에게 다가간다.

"햇살이 좋은데 도대체 왜 집까지 걸어가지 않으려는
거야?"

"이 신발이 새 거야, 꽉 끼어서 아파."

"그럼 진작 말하면 됐잖아."

"당신이 이유를 물었으면 됐잖아."

난 이야기를 다 듣고 나서 그들을 떠난다.

뷰 티 숍 에 서

보통 난 몸 관리를 거부한다. 눈에 마스크를 붙이고 몸에 진흙을 바른 채 작은 방 안에 누워 있는 게 영 내키지 않는다. 난 머리를 기르는데 아직까진 새치가 두드러지지 않는다. 그래서 계절에 한 번 오후에 잠깐 미용실에 가서 다듬어주기만 하면 된다. 난 텔레비전으로 잔인한 시리즈물을 보며 집에서 혼자 하는 왁싱을 좋아한다. 한 달에 두 번, 늘 일요일에 내게 허용하는 유일한 기분전환은 매니큐어다. 매니큐어를 칠하면 한 시간 동안 절대 아무것도 못하게 된다. 전화 통화도, 문자메시지도, 신문 넘기는 것도, 시시껄렁한 잡지 보는 것도.

난 지금까지 언제나 같은 여인 앞에 앉았다. 미용사들이 우리 손님들처럼 길고 좁은 테이블 뒤에 줄지어 있다. 테이블 길이의 기다란 서울이 이 장면, 이 정확한

작업을 비춘다. 손님들이야 긴장을 푼다지만 그들에게
는 얼마나 지루한 작업이겠는가. 그 미용사들은 모두
같은 나라에서 왔다. 그들은 부지런히 우리 손을 다듬
어주면서 계속 자신들 언어로 이야기한다. 무슨 얘기를
하는지 나는 늘 궁금하다.

최근에 아주 아름다운 미용사가 왔다. 다른 미용사들
은 대부분 과체중이고, 둥글둥글한 얼굴에 입술이 일그
러져 있다. 하지만 이 미용사는 화려하고 세련됐으며,
가운데 가르마를 타서 단정하게 묶은 검은 머리에 광대
뼈가 도드라졌다. 미용사 전원이 입은 면 앞치마는 그
녀를 위해 일부러 만든 우아한 옷 같다. 오히려 내가 다
소 단정치 못한 다른 미용사들과 비슷하게 느껴진다.
이따금 그녀에게 시선을 던진다. 그녀는 너무나 아름답
고 맵시가 빼어나다. 그녀를 쳐다보다가 거울에 비친
나 자신을 바라보면 실망스러운 얼굴을 가졌다고 수없
이 생각하게 된다. 그 시선이 의미가 있었는지 이제 나
는 거울을 피한다.

오늘은 예약 없이 뷰티숍에 들어간다. 바빠서 매니큐
어만 지우고 싶다. 일주일 전 기분이 우울해 사이렌처

럼 검은색 매니큐어를 선택했지만 이틀이 지나고 나자 벌써 갈라지기 시작했다.

"안녕하세요, 손님, 매니큐어 하실 건가요?"

뷰티숍 원장이 묻는다.

"오늘은 바빠서요, 지우는 데는 얼마인가요?"

"공짜예요. 손님은 자주 오니까 미용사에게 팁만 주시면 됩니다."

이윽고 난 그 아름다운 미용사 앞에 앉는다. 그녀는 진지한 표정이지만 미소 없이 날 맞이하고는 곧 자신의 손톱인 양 내 손톱을 자세히 살핀다.

다른 미용사들처럼 서두르지 않는다. 손을 맡기자 그녀가 내 손을 잡았고 잠시 우리는 그렇게 하나로 연결됐다. 빙긋이 웃으며 즐거운 얼굴인 그녀는 이 일을 좋아한다. 비록 집중하고 있지만 일을 하는 내내 고개를 들지 않은 채 옆자리 미용사 한 명과 이야기한다. 매니큐어를 완전히 지웠지만 난 그녀가 일을 마치길 바라지 않는다.

"저, 생각을 바꿨어요, 매니큐어를 칠해줄 수 있나요?"

"물론이죠."

그녀는 손톱 정리를 계속한다. 주변 손톱을 조심스레 잘라낸다. 작은 더미가 쌓인다. 나의 죽은 파편이다. 이윽고 만족했는지 걸죽한 흰 크림을 바르고 뜨거운 스팀 수건으로 두 손을 덮는다. 그녀가 내 몸의 작은 부분을 완벽히 하는 작업에 몰두하는 동안 거울로 내 모습을 보지 않는다. 이 순간, 우리의 접촉을 파괴하고 싶지 않다. 그녀의 친절을 즐기고 싶을 뿐이다. 지금은 우리가 하나로 연결돼 있지만 서로 분리된 존재라는 걸 알면서도 그녀만을 바라보려 애쓴다. 이십 분 동안 나와 거울 사이에서 이 여인은 내 이미지로부터, 내 슬픔으로부터 날 보호한다. 결국 적어도 이때만큼은 나도 아름답다고 느낀다.

나지막한 목소리의 그녀는 입안의 혀를 날카롭게 놀리지 않는다. 어느 순간 그녀가 작업을 멈추고 내 반지를 감상한다.

"남편?"

"난 결혼하지 않았어요."

그녀는 웃으며 다른 말은 하지 않는다. 새하얗고 예쁜 치아를 가졌다. 왜 웃을까? 살짝 사악함이 배어 있는 그녀의 미소에 난 당황한다. 그녀는 마지막으로 거의 투명한 분홍색 매니큐어를 칠해준다. 잘 손질됐지만 깨끗한 그 손톱이 난 더 이상 마음에 들지 않는다.

호 텔 에 서

회의 때문에 사흘 밤을 밖에서 보내야 한다. 호텔은 북적거리고 동료들에 둘러싸여 있다. 해마다 치르는 이 의무가 귀찮다. 같은 회의, 같은 사람들. 바뀌는 건 회의가 열리는 도시, 도시에 따라 달라지는 호텔이다.

올해는 호텔에 들어서자마자 금방 박차고 나가고 싶어진다. 입구가, 거대한 홀이 날 꿀꺽 삼키는 느낌이다. 아주 높다란 천장 아래서 내가 너무나 작아진 듯하다. 흉하고 시끄러우며 아주 넓기만 한 호텔이다. 둥근 발코니들이 위로 올라가는 구조는 인간을 위한 주차장 같다. 음료수를 마시고 값비싼 신발과 스카프와 가방을 파는 장소들이 있는 한가운데, 로비 주변으로 발코니가 나 있다.

다른 그룹, 특히 회색 정장을 입은 남자들이 사방에

서 보인다. 남자들은 무리 지어 너무 자주 시끄럽게 웃어댄다. 그들의 웃음소리가 울리며 심연을 가득 채우고 소란은 멈추질 않는다.

내 방은 다행히 다 모여 있는 로비 쪽이 아니다. 방에 가기 위해 종업원의 설명을 듣고 잠시 걸어가다 끝도 없는 복도를 지나 승강기를 타야 했다. 도착하는 데 오 분이 걸린다.

방 안에 물건들이 가득하다. 컵, 물병, 주전자, 찻잔, 티백, 보기 흉한 가죽 가방, 잡지, 다양한 팸플릿에 적힌 호텔과 도시에 대한 정보. 어디 기댈 수조차 없는 이런 어지러운 방 안에서는 내 물건들을 구별해낼 수가 없다. 다행히 옷장은 다리미와 흰색 옷걸이를 빼고 텅 비었다. 트렁크를 열고 옷 몇 개를 건다.

이 지옥 같은 사흘 낮, 사흘 밤이 지나가기만을 기다린다. 낮에는 회의장에 갇힌 채 담화와 프레젠테이션을 듣느라 바쁠 것이다. 난 프로그램을 따라가기만 할 거다. 대신 밤에는 탈출구 없는 이 방에서 잠을 잘 수 없다는 걸 안다. 보기 흉한 방 때문에 세상을 증오하게 되셨시. 알 수만 있다면 이떻게든 떼어내리고 싶다. 나 자신을 던져버리고 싶다. 내 방은 12층, 창문이 열리지 않는다.

요 며칠 유일한 위로는 바로 내 옆에 앉은 신사다. 분별 있는 사람 같다. 이 환경과는 분리된 채 다른 생각에 젖어 보인다. 날씬한 몸에 풍성한 흰 곱슬머리를 하고 있다. 사려 깊은 사람인 듯하나 동시에 어딘가 늘 불편해 보인다. 이유 가운데 하나는 아마 사물에 대해 지나치게 생각하는 탓일 것이다. 하지만 눈은 온화하고 크고 뭔가 특별한 것이 담겨 있다.

날 볼 때면 소리 높여 인사하는 대신 미소를 짓는다. 우리가 승강기를 기다리는 동안, 함께 아침을 맞이하는 동안, 늘 뜨겁게 똑바로 날 쳐다본다. 하지만 그 주의 깊은 시선이 내게 말한다. 저, 난 당신이 이곳에서 잘 지내지 못하는 걸 압니다. 그는 날 안심시키려 하기보다는 날 이해하고 있다는 걸 깨닫게 할 뿐이다.

그의 태도에 호기심이 생겨 이름을 알기 위해 회의 프로그램을 살펴본다. 유명한 철학자로 많은 책을 썼는데, 오래전 독재 정부의 박해를 받아 망명했다. 그의 강연을 듣고 싶지만 불행히도 원탁회의에 참여해야 한다. 그 신중한 철학자의 수줍은 모습 뒤에는 활달한, 아니 재치 넘치는 사람이 숨어 있는 듯하다.

그는 날 어떻게 볼까? 그런 회의에 짜증 내는 다소 까칠한 중년의 여인?

저녁에 나와 그 남자, 우리는 함께 올라간다. 그는 늘 자신의 방문을 열기 전에 눈빛과 머릿짓으로 예의바르지만 진심이 느껴지는 밤 인사를 한다. 난 그가 옷을 갈아입는 동안, 고단한 하루를 마치고 나처럼 긴장을 푸는 동안, 양치질을 하는 동안 그의 발걸음을 느낀다. 내 방만큼이나 보기 흉한 방에서 내 침대와 비슷한 침대에 맥없이 누워 있을 그를 생각한다. 이 시간에만 그의 또 다른 모습이 드러난다. 그는 외국어로 급히 열정적이고 긴 전화 통화를 한다. 아내일까? 친구일까? 그의 출판사일까? 그의 존재는 성적 욕구 같은 것을 일으키지 않은 채 날 편안하게 해준다. 뭔가 채워지지 않은 우울한 시선, 이제 예닐곱 시간 눈을 붙이려 하는 반짝이지만 먼 곳을 바라보는 듯한 그의 두 눈을 생각한다.

다음 날 우리는 각자의 방문을 열고 나와 같은 승강기를 타고 내려가서 헤어진다. 매일 아침 매일 저녁 야

속한 것도 아닌데 서로를 기다린다. 사흘 동안 이 침묵의 관계는 희미하게나마 날 세상과 화해하게 해주었다.

매 표 소 에 서

비 오는 오후, 난 상점들이 양옆으로 즐비한 긴 도로를 따라 걷는다. 몇 분 동안 진열장 앞에 서서 구경하고 있는 사람 무리를 지나간다. 가족, 남편들과 아내들, 젊은 커플들, 여행객들. 세상 둘도 없는 친구들같이 보이는 우아한 여인들도 있다. 비록 비가 오지만 그들은 웃는다. 늘 다이어트를 할 텐데도 이 순간 자신에게 주전부리를 허용하며 세일을 즐긴다. 한때 이 거리는 세련된 골목길이었지만 지금은 작은 상점들, 세계 여러 공항에서 보이는 그런 가게들이 자리한다.

오늘 오후 오직 나만이 정확한 목표를 가진 유일한 사람 같다. 난 활짝 펼쳐진 커다란 우산을 쓰고 계속 걷는다. 바람이 없다.

길 끝에 낯선 극장이 있다. 18세기 건축물로 이 헐벗은 도시에서 몇 개 안 되는 보석들 가운데 하나다. 매표소에 줄을 선 사람이 없다. 난 막 인쇄돼 나온 다음 시즌 프로그램을 달라고 한다. 매끄러운 종이의 얇은 팸플릿을 받는다. 집으로 돌아가는 대신 조용히 팸플릿을 살피기 위해 그곳 매표창구 앞에 서 있다. 가을과 겨울에 열릴 공연 정보를 살핀다. 젊은 직원에게 조언을 구하자 차근차근 알려준다.

난 펜으로 관심 가는 오페라, 교향곡, 발레를 체크한다. 몇몇 연출가, 몇몇 음악가를 알아보겠다. 극장 지도, 자리 배치도, 무대, 관객석을 살핀다. 난 고정석이 없다. 올 때마다 자리를 바꾸어 다른 전망에서 콘서트를 즐기는 걸 좋아한다. 옵션을 살펴보니 저녁 식사 전후의 몇몇 프로그램이 관심을 끈다. 그래야 각각의 공연이 살짝 달라질 거다. 일단 표를 구매하면 바꿀 수 없다. 표를 사는 건 신뢰의 행위이자 심지어 건방지고 위험한 행동인 것 같다. 날 불안하게 하면서도 동시에 내가 대담하다고 느끼게 한다.

그렇게 수첩을 가득 채운다. 매년 연말에 늘 같은 문구점에서 같은 크기와 같은 두께로 사는 수첩이다. 세

월과 함께 어쩔 수 없이 반복되는 여러 수첩들. 파란색, 빨간색, 검은색, 밤색, 빨간색, 파란색, 검은색 등등. 이건 내 삶의 작은 변화의 컬렉션이다.

예약하고 싶은 공연 목록을 만든다.

"늘 한 자리인가요?"

직원이 내게 묻는다.

"늘 한 자리예요."

하지만 내년 5월 16일 20시 30분에 나는 어떨까? 그걸 아는 건 불가능하다. 이곳에 다시 돌아와 손에 표를 쥐고, 아름다운 옷을 입은 채 편안한 의자에 앉아 있을 거라는 희망을 갖고 예약한다.

내게 극장을 알려준 사람은 우체국 창구 직원이었던 아버지였다. 아버지는 극장을 아주 좋아했던 반면 엄마는 극장에 절대 가지 않았다.

한번은 아버지가 국경 바로 너머 도시에서 열리는 공연을 예약했다. 아버지는 내 생일을 미리 축하해주기 위해 공연에 데려가고 싶어 했다.

"먼저 축하하는 게 아니에요, 불운을 가져와요."

엄마가 말했다. 하지만 이제 열다섯 살이 되는 내 생

일 그 공연은 무대에 올려지지 않을지도 모르는 일이었다. 그래서 우리는 기차를 예약하고 여행 가방을 챙기고 서류를 준비했다.

출발 전날 아버지는 몸이 아팠고 고열이 났다. 독감에 걸린 듯했는데 머리를 들 수 없을 정도였다. 아버지는 며칠 동안 병원에 입원했다. 나쁜 박테리아가 핏속에 침투했고, 결국 나는 아버지와 극장에 가는 대신 묘실에 있게 됐다. 기차 여행, 호텔, 공연 대신 상을 치르게 된 것이다. 장례식에서 고모가 술에 좀 취해 내게 말했다.

"예상과 달리 도망갈 길이 없어. 하루하루를 살아갈 뿐이야."

현금으로 지불하자 매표원이 잔돈을 준다. 동전 하나가 떨어졌는데 땅바닥이 아니라 우산 안으로 떨어졌나 보다. 하지만 젖어 있는 깊은 안쪽에 팔을 집어넣어 우산살 사이를 뒤지고 싶지 않다.

내 뒤에 노인들이 있다. 극장을 구경하고 싶어 했는데, 십오 분 뒤 시작하는 가이드 안내가 있다. 그 가이드 안내는 늘 쓸데없다 싶었지만 밖에 억수같이 비가 내려서, 나도 표 하나를 부탁한다. 가격이 얼마 안 된다. 그룹에 합류한다. 처음으로 아버지가 날 데려왔던 그곳의 역사를 알게 됐다. 가이드는 극장의 형태, 장막, 아름다운 프레스코화 뒤에 빈 공간이 있다는 사실을 우리에게 설명해준다. 이백 년 전 극장을 주문했던 왕의 이름과 극장 대부분을 파괴했던 화재 날짜도.

나는 극장을 마치 대성당인 양 감상하며 질문하는 사람들과 함께 있다. 극장 설계도 원본은 어디 있나요? 화재 뒤에 극장이 예전과 달리 재건축됐나요? 비 때문에 방문자 숫자가 많다. 무대는 넓고 어수선하다. 일꾼 두 명이 뭔가를 정리한다. 못을 박고 망치질을 한다.

어느 순간 우리는 진짜 무대 위에 모여 있다. 최고 구경거리다. 그런데 난 곧 실망하며 이 여행자 그룹에 속해 있다는 게 불편하다. 어쩌다 여기에 끼었을까? 몇몇 사람이 실제 무대 위에서 포즈를 잡는다. 한때는 관계자 외 출입이 금지된 예외의 공간이었지만 지금은 돈 몇 푼을 받고 몇 분 동안 누구든지 환영한다. 한 신사가 여왕이라도 되는 양 아내의 사진을 찍어준다. 난 자리를 비켜주려 하지만 우리는 바싹 붙어 있어서 이미 늦어버린 뒤다. 난 그들 사이에 끼인 채 그 장면을 함께하고 만다.

햇살 좋은 날에

오늘은 시내에서 시위가 있어 헬리콥터들이 이른 아침부터 윙윙거린다. 하지만 날 깨운 건 햇살이다. 햇살이 날 책상으로 부른 까닭에 잠옷 차림으로 글을 쓰고 난 뒤 광장으로 향한다. 광장에선 동네의 은근한 혼란이 날 맞는다.

햇살 찬란한 토요일, 처음으로 더위를 느꼈다. 부츠를 신고 돌아다니는 사람이 적고, 모두 외투를 풀어헤쳤으며, 고무 슬리퍼를 신은 젊은 여자들의 물집 잡힌 뒤꿈치도 보인다. 토요일인데도 여기저기서 우아한 맵시가 부족하지 않다. 발랄한 색깔의 재킷, 화려한 스카프, 몸매가 드러나는 옷. 그 광경은 흡사 흥겨운 파티 분위기로 광장은 흥청거리는 즐거운 해변으로 변한 듯하나. 상점들은 사람들도 북직이고 자동 현금 인출기,

정육점, 빵집 앞에 긴 줄이 서 있지만 누구도 불평하지 않는다. 포장해 갈 빵을 기다리는 동안 나는 한 부인이 자신만만하게 "오늘 참 멋지네요" 하고 말하는 소리를 듣는다. 그녀 뒤에 있던 신사가 대꾸한다.

"이 동네는 늘 멋집니다."

내 차례가 됐다.

"얼마나 맛있는지 알게 될 겁니다."

오래 알고 지낸 사이고 적어도 일주일에 세 번 같은 빵을 내게 만들어주는 남자가 계산대에서 말한다.

"오늘은 당신을 위해 정말 기막히게 맛있는 빵을 만들었습니다."

남자는 계산대 위 양동이에서 치즈 두 조각을 꺼내 무게를 가늠하더니 빵 안에 넣고 종이로 싼 다음 영수증을 내민다.

"받으세요."

난 공짜나 마찬가지인 빵 값을 지불한다. 엉덩이를 붙일 곳을 찾다가 놀이 공원에 앉는다. 밤에는 텅텅 비지만 이 시간에는 아이들, 부모들, 강아지들, 나 같은 외로운 사람들이 넘쳐난다. 하지만 오늘은 전혀 혼자라는 느낌이 들지 않는다. 떠드는 소리가 시끄럽다. 자신을 표현하고 설명하고 서로 이야기를 주고받으려는 우리의 충동에 난 새삼 놀란다. 믿어 마지않는 소박한 빵맛에 또 새삼 놀란다. 햇살에 몸을 녹이며 빵을 먹는 동안 성스러운 음식을 먹는 것 같다. 이 동네가 날 사랑한다는 걸 안다.

나의 집에서

오랜 친구가 날 만나러 온다. 우리는 오랫동안 보지 못했다. 어릴 적부터 알고 지낸 사이다. 초등학교 친구로 시내에 있는 같은 고등학교와 대학교를 다녔다. 이후 그 친구는 다른 나라로 가서 살았고 자주 만나지는 못했다. 친구는 오랜 독신 생활을 마감하고 몇 년 전 결혼했다. 딸이 하나 있다. 최근 소식을 알려왔는데 일주일 휴가를 보내러 고향 도시로 올 거라고 했다. 자신의 가족을 내게 소개해주겠단다.

친구 가족은 차를 마시러 왔다. 난 아침에 내려가 사온 파이 한 쟁반을 테이블 위에 올려놨다. 친구 딸은 두살이다. 어른들이 차를 마시는 동안 거실로 가서 조용히 얌전하게 논다. 친구가 아이를 소파에 앉혀놓고 장난감과 책을 주며 말한다.

"다른 것 만지면 안 돼."

친구보다 몇 살 더 어려 보이는 마른 체구의 남편은 치밀한 여행 계획을 말한다. 박물관 구경, 유적지 관람, 만날 사람들.

"아내는 당신을 위해 잠깐 짬을 내느라 신경을 많이 썼습니다."

남편이 내게 말한다.

그는 학자로 책을 쓴다. 내 몇몇 조숙한 학생들을 연상시키기는 하지만 강단에 있는 게 익숙해 보이는 남자다. 부친이 외교관이라 여러 도시에서 자랐다고 말한다. 잘생기지 않은 거만한 도련님 같다. 눈은 작고 입매가 심술궂다. 이 도시가 그를 매료시키지 못한 것 같다. 고작 이틀 머물고 나서 주변 모든 것을 다소 못마땅해한다. 그가 말한다.

"참 시끄럽고 지저분한 곳이군요. 어떻게 사람들이 이런 곳에서 살 수 있는지 모르겠습니다."

그렇게 많은 나라에서 살았는데, 도대체 세상에 대해 뭘 배운 걸까?

꼬마를 위해 내가 고른 파이를 그가 서의 나 믹고 있

다. 아이는 외국에서부터 배낭 속에 넣어 온 마르고 맛 없는 쿠키를 더 좋아한다.

"늘 한 상자 넣고 다녀. 그래야 아이가 안심하거든."

친구가 말한다.

친구 남편은 안에 잼이 들어가고 밖은 초콜릿이 묻은 좀 더 크림이 많고 끈적끈적한 파이를 선택한다. 이윽 고 그가 말한다.

"오늘은 저녁을 건너뛰고 산책을 오래 합시다. 이 부 담스러운 음식을 소화해야 해요."

나 역시 그에게 호감을 주지 못했을 터다. 아마 그는 자신의 아내, 그렇게 상냥하고 빛나는 여자가 나처럼 어두운 여자와 친구라는 게 이해할 수 없을 거다. "정말 그녀가 내게 말했던 당신의 그 착한 친구라는 거야?" 하고 나중에 친구에게 묻겠지. 전에는 어땠는데? 나 역 시 그렇게 오만불손하게 보이는 남자와 결혼한 친구 때 문에 기분이 나쁘다. 하지만 친구는 그 남자와 얌전한 딸아이를 만들었다.

갑자기 그가 테이블에서 일어나 책장, 내 일생이라고 말할 수도 있는 모든 책들을 살피기 시작한다. 그 책들을 바라보는 시선이 마음에 들지 않고, 날 짜증스럽게 한다. 아내가 소변을 눠야 하는 딸애에 신경이 팔린 동안 남편은 책 하나를 골라 펼치더니 한 문단을 읽는다. 일요일 중고 시장에서 발견해서 오랜 가격 흥정 끝에 산 절판된 시집이다.

"재미있나요?"

"제 생각에는 그래요."

"오래전 이 작가 작품을 읽은 적이 있는데 두 페이지 읽고 나서 그만뒀어요. 더는 읽을 수가 없더군요."

"전 좋아해요, 제 생각에는 훌륭한 작가예요."

"책을 빌려줄래요?"

요청이라기보다 일방적 주장이다. 난 주저 없이 대답한다.

"죄송합니다만 당신들은 여행 중이잖아요. 언제 다시 만날지 몰라서요."

그는 날 경멸스러운 눈빛으로 쳐다보지만 반박하지 않는다. 책을 제자리에 다시 놓는다. 쩨쩨하게 느껴지지만 내 책을 이런 사람에게 빌려주기 싫다. 절대 그럴 수 없다.

친구가 다가온다. 친구의 매혹적인 녹색 눈이 이제
예전처럼 빛나지 않는 걸 확인한다. 우리는 다른 화제
로 넘어간다. 이윽고 친구 부부는 다른 약속이 있어 가
봐야 한다고 서두른다.

난 그들에게 인사한다. 남편 없이 내 친구와 만났더
라면 더 좋았을 텐데. 남편이 거의 내내 혼자 말했다.

"우리 다시 만날까? 단둘이 하루 날 잡아 또 볼까?"

친구가 순한 딸을 팔에 안고 이미 승강기에 들어서며
내게 묻는다.

"네가 원하면."

내가 대답한다. 하지만 그들이 너무 바쁘므로 그런
일이 일어나지 않으리라는 걸 안다.

난 집을 정리하고 남은 파이를 양철 상자 안에 넣는
다. 그래야 일주일 동안 아침 식사 때 파이를 조금씩 맛
볼 수 있다. 난 친구 남편이 가져가고 싶어 했던 책을
살피러 간다. 표지에 잼이나 초콜릿 얼룩이 묻지 않았
기를 바란다. 없다, 다행히 흔적을 남기지 않았다. 분명
그는 이렇게 생각할 거다. 이 여자는 책 수천 권을 갖고
있는데 그중 하나를 빌려줄 그릇이 안 된다고 말이다.

하지만 이 책은 내게 귀중하다. 그는 단어 하나의 의미도 포착해낼 수 없을 거라 생각한다.

난 거실로 돌아가 딸아이가 있던 소파에 앉으려 한다. 내가 책 더미 옆 협탁에 놔뒀던 볼펜으로 아이가 흰색 가죽 등받이에 아무 문양 없는 가늘고 긴 선을 그려놓은 게 보인다.

장난감을 배낭 속에 다시 챙겨 넣은 건 친구 남편이었다. 분명 그는 소파 등받이, 전에는 없었던 그 선을 봤을 거다. 하지만 그는 아이에게도, 내게도 아무 말 하지 않았다. 그는 볼을 맞추며 인사하고 차 대접에 감사를 표했다.

아이가 볼펜으로 그린 선은 무해하지만 참고 보기 힘든 긴 머리카락 한 올 같다. 표류하는 줄. 난 손가락으로 문지르지만 선을 지울 수 없다. 노력했지만 제거할 수 없다. 난 얼룩을 감출 쿠션 몇 개와 커버를 산다. 하지만 소용없다. 쿠션은 쉽게 움직이고 커버는 흘러내리고 말아서, 이제 나는 다른 안락의자에 앉는 편을 택한다.

8 월 에

8월에 내가 사는 동네는 텅텅 빈다. 대개 완전히 사라지기 전에 잠깐 눈부신 아름다움을 발하는 노부인처럼 동네가 시들시들해진다. 일부러 동네에 남아 즐거이 집에 처박혀 누구와도 만나지 않는 사람들이 있다. 또 어떤 이들은 그 맥 빠진 시기, 격한 폐쇄를 참지 못한다. 그런 이들은 기분이 우울해 밖으로 나간다. 나는 8월을 특별히 사랑하진 않지만 그렇다고 싫어하는 건 절대 아니다.

처음에는 평온을 즐긴다. 바닷가 외딴 작은 마을에 있기라도 한 듯 슬리퍼 차림으로 조용히 나와 돌아다니는 이웃들과 인사한다. 아직 문을 연 상점들이나 카페에서 우리는 곧 다가올 휴가 계획을 이야기한다. 이런 대화를 주고받는다. 어디든 주차할 수 있고, 평소에는 복잡하기만 했던 대로를 눈을 감고 지나다닐 수 있으니 얼마나 좋은지 몰라요. 텅텅 빈 광장이 참 멋지네요. 그러다가 갑자기 모든 것이 침묵과 무기력에 질식해 역설적이게도 활동 부족으로 쇠약해지는 걸 깨닫게 된다.

며칠 전부터 카페들이 문을 닫아 집 밖에서 커피 한 잔도 마실 수 없다. 아무튼 난 늦은 아침 장을 보러 내려온다. 노점들이 열려 있지만 물건들이 적다. 음식이 햇살에 이미 익어 흐물흐물하고 비싸다. 노점상들은 흰 커튼에 덮여 있는 조각상들, 움직임이 없는 큰 무대에서 말없이 요지부동 서 있는 배우들 같다. 내가 좋아하는 노점상, 평소 자주 다니고 가격을 많이 깎아주는 상인들이 아니다. 두 노점상은 교활하고, 관광객에게 너무 많은 돈을 요구한다. 관광객들은 무더운 날씨와 침울한 분위기에도 두 주 동안 도시를 여행하고, 지금쯤 배 위나 산이나 해외에 있을 광장 주민들의 아파트 가운데 하나를 세내어 산다.

시장 말고는 돈을 쓸 데가 없다. 모든 상점들이 휴가 중이고, 애도를 위해서가 아니라 휴가를 즐기기 위해서 셔터를 내렸다. 문에는 느낌표를 넣어가며 쓴 글씨도

적은 큼지막한 간판이 보인다. 즐거운 휴가를 기대하며 개점 날짜를 알려준다. 하지만 올해는 새로운 것이 있다. 이웃들 가운데 한 명, 얼굴 주름이 좀 있는 삼십 대 청년이 집 물건들을 비워내기로 결심했다. 그는 특별한 구조물에 산다. 원래는 문이나 창문이 아니라 셔터가 달린 상업 공간이었다.

그는 온종일 반바지, 아마 잠옷으로도 입을 그 차림으로 차가 들어오지 못하는 비좁은 도로에 등받이 없는 간이 의자를 놓고 앉아 있다. 이곳에는 차를 주차시키거나 운전해 나갈 수만 있다. 간이의자 옆에 접이식 테이블 두세 개를 펼쳐놓고, 그 위에 쓸모 있는 혹은 쓸모 없는 여러 물건들을 진열했다. 꽃병, 포크와 나이프, 잡지, 과학 도서들, 이가 좀 나간 손으로 그림을 그려 넣은 도자기 그릇들, 빛바랜 찻잔들, 장난감들, 각종 장신구들. 예쁘긴 하지만 닳은 여성 구두. 색 바랜 실크가 안에 덧대인 좀 더러운 정장용 가방. 계절도 장소도 어울리지 않은 얼룩덜룩 볼썽사나운 모피 코트가 옷걸이에 걸려 있다.

청년은 약간 뒤틀린 주방용 가구 안에 책들을 넣어

놨고, 벨벳으로 덮은 테이블에 의류 장신구들을 올려놨다. 식기들이 같은 테이블에 조심스럽게 진열됐다. 난 생각한다. 그 나이프와 포크로 얼마나 많은 식사를 했을까, 시들기 전에 얼마나 많은 꽃들이 그 꽃병을 채웠을까. 매일 물건이 조금씩 다른데 그가 새로운 물건을 갖다 놓는다. '모두 저렴한 가격'이라고 종이에 적혀 있다. 가격을 묻자 거의 동일하다.

오후에 점심 식사를 하기 전 청년은 물건들을 모두 안으로 들이고 셔터를 내리고는 자리를 떠난다. 아마 바다에 가는 모양이다. 오전이면 다시 나타난다. 그의 집 안 어두운 구석이 보인다. 먼지 낀 물건 더미가 너저분하게 쌓여 있다.

나는 매일 그에게 인사하며 발길을 멈추고 잠깐 물건들을 살핀다. 그렇게 하지 않으면 실례될까 걱정돼서다. 비록 물건을 꺼내 보여주는 건 그지만, 동시에 난 침략자가 된 듯한 기분에 주저한다. 그의 물건들을 만지고, 원하고 사는 것이 무례한 행동이 아닐까 걱정이 된다.

특히 너부 크지 않은 캔버스에 그린 짧은 머리에 오

른쪽 가르마를 탄 젊은 여자의 초상화가 관심을 끈다. 미완성 초상화다. 어깨와 상반신이 없고, 대신 캔버스 지저분한 흰색 여백만이 있다. 젊은 여성은 신경질적으로 보이고, 날 곁눈으로 흘겨본다.

청년이 그 창백한 여자의 튼튼한 아들일까? 그는 친절하지만 귀찮은 판매자는 아니다. 내가 관심을 보여도 별 반응이 없다. 하지만 상점들이 모두 닫혀 있기 때문에 난 약간의 돈을 그의 노점에서 쓰기로 결정한다. 하루는 잔 두 개를 산다. 그리고 삼십삼 년 전 신문판매대에서 사서 아마 기차 안에서 읽었을 잡지를 같은 값에 산다. 그다음은 목걸이. 그다음은 초상화. 사면 살수록 기적처럼 새로운 물건들이 새록새록 나온다. 황량한 여름 사막에서 암초처럼 쌓인 더미, 이 홍수 같은 물건들은 모든 것의 실종을 생각나게 하지만 존재의 진부하고 완고한 흔적 역시도 떠올리게 한다.

사실 난 필요한 게 아무것도 없지만 아무튼 뭔가를 산다. 아침이면 집에서 청년에게서 산 깨진 찻잔으로 첫 커피를 마신다. 발코니에서 잡지를 읽으며 한 세대 전의 배우들, 사건들, 가십 정보를 얻는다. 벽에 초상화를 걸고 세월을 거슬러 올라간 그 젊은 얼굴을 바라본다. 젊은 여자를 행복하게 한 것은 뭐였을까? 그녀는 부인이 돼서 화려한 모피를 입었던 걸까? 모피가 그녀 것이었을까? 겨울 맑은 하늘 아래 서둘러 일을 처리하면서 아름답고 우아한 모습을 보이려 애썼던 걸까?

어느 날 청년이 거스름돈 때문에 날 집 안으로 초대한다. 들어가자마자 불쾌한 느낌을 받는다. 기분이 나쁠 정도로 너무나 낡은 집이다. 물건들이 방치된 채 여기저기 쌓여 있다.

"이 물건은 누구 건가요?"

내가 결국 묻는다.

"가족 겁니다, 제 것도 있고요. 제가 저기 퍼즐 조각을 모두 맞췄죠. 저기 책들 덕분에 고등학교 졸업 시험을 통과했어요. 사십육 년 동안 우리 어머니는 저 냄비로 먹을 것을 준비했습니다. 아버지는 저 카드로 카드놀이를 했고요. 아버지는 그 무엇도 절대 버리지 않았습니다. 어머니가 돌아가셨는데도 어머니 물건을 치우지 못하게 했어요. 올해 아버지도 돌아가셨습니다. 그래서 제 차지가 됐죠. 물건을 치우지 않으면 여자 친구가 이곳에서 밤을 보내려 하지 않아요."

그래서 돈 몇 푼으로 나의 집이 변하고 단순하기 그지없던 삶에도 다소 생기가 돌았으며 오래 끓인 수프처럼 맛이 진해진다. 비록 누런 잡지 종이 때문에 눈물이 나고, 초상화 캔버스가 좀이 먹었지만 말이다. 그건 중요하지 않다. 물건들이 날 즐겁게 하고, 동무를 해준다. 그동안 고아가 된 내 이웃은 미약한 판매량에 진력나고 믿을 만한 유일한 손님에게도 싫증이 났는지, 어느 날 궤짝에 모든 것을 쑤셔 넣은 뒤 그의 인생을 쥐고 있는 여자 친구와 오토바이를 타고 바다로 줄행랑치기로 결심한다.

계 산 대 에 서

얼마간의 돈으로 멋지지만 사실상 필요 없는 물건을 사고 나면 늘 마음이 괴롭다. 돈 한 푼이라도 신중하게 계산했고, 내게 지폐를 주기 전에 혹시나 한 장이 더 붙어 있는 건 아닌지 비벼보던 아버지 때문이 아닐까? 외식하는 걸 몹시 싫어하고, 카페에서 파는 차 한 잔 값이 슈퍼에서 파는 스무 개짜리 차 한 박스 값과 맞먹는 걸 허용할 수 없었던 아버지 때문이 아닐까? 부모님의 엄격한 규칙이 나로 하여금 늘 더 저렴한 옷과 축하 카드와 메뉴판 요리를 선택하도록 한 것일까? 그래서 미술관에서 그림을 보기 전에 푯말을 읽으려 하는 사람처럼 상품을 보기 전에 가격표부터 확인하는 걸까?

아마도 아버지는 이 동네 카페를 마음에 들어 하실 거다. 난 카페에서 거품이 톡톡 튀는 탄산수 한 잔을 공짜로 부탁하고 조용히 서서 홀짝거리며 기운을 차리거나 누군가와 몇 마디 대화를 주고받을 수 있다.

하지만 우리 집에서 돈을 버는 유일한 사람이었던 나의 아버지는 극장에 가기 위해 일정한 돈을 저축했고 적당한 자리를 고르기까지 했다. 이 돈은 아버지에게 개인적인 투자, 유익한 지출이었다. 대신 일하지 않았고 경제적 자치권이 전혀 없었던 어머니는 돈 관계에 있어 늘 아버지와 맞지 않았다. 오래전 내가 일고여덟 살 무렵 아주 여성스러운 흰색 원피스를 갖고 싶어 했을 때 아버지가 했던 비난이 지금까지도 기억난다. 소매가 짧고 목선 주변에 진주 목걸이를 직접 꿰매 붙인, 어린 마음에 아주 독창적으로 보였던 원피스였다.

"너무 비싸다, 이쪽으로 와."

아버지는 냉정하게 딱 잘라 말했다. 나는 기분이 몹시 상했다. 사지 못한 원피스 때문만이 아니라 능력 밖의 것을 원했고 감히 사달라고 졸랐기 때문이다.

내가 열세 살쯤 사춘기 때 일화는 더욱 생생하다. 나는 어린 여자 사촌과 외출했다. 사촌을 보호하는 일은 내 임무였다. 난 책임감 있는 훌륭한 언니여야 했다. 우리는 혼잡하기 그지없는 유명한 시장에서 오후를 보내고자 버스를 타고 시내로 나갔다. 흥미진진한 모험이었다! 온갖 종류의 장신구들이 그득한 수백 개의 시장 가판 사이에서 가벼운 펜던트 귀걸이 한 쌍이 관심을 끌었다. 빨간색과 검은색 기다란 플라스틱 조각이 두 개 달린 귀걸이였다. 별 거 아니었지만 수많은 물건 가운데 유독 눈을 사로잡았다.

엄마가 준 돈이 조금 있어서 나는 기분 좋게 귀걸이를 샀다. 하지만 집으로 돌아와 엄마에게 새 보석을 보여주자, 가격을 묻더니 벌컥 화를 내며 오랫동안 날 꾸짖었다. 그런 귀걸이를 사느라 그렇게 많은 돈을 쓰다니 넌 돈을 쓸 줄 모르며 속았다고 말했다. 엄마의 전형적인 모습이었다. 이후 그 귀걸이만 보면 나 자신을 미워할 수밖에 없었다.

어른이 돼서도, 지금 기억나는 또 다른 중요한 순간이 있다. 새 집으로 이사하기 전에 우리가 사랑을 나눴던, 내 처녀성을 잃었던 방을 청소하던 첫 남자친구와의 일이다. 그는 바닥에, 침대 아래, 안락의자 쿠션 사이에 떨어져 잊고 있던 동전을 버리고 싶어 했다. "아무

가치가 없어, 그걸 주워봐야 아무 소용 없어"라고 그가 말했다. 그는 몇 년 동안 가구 뒤에 쌓인 먼지 더미와 함께 그 동전들을 모두 쓸어 버렸다. 순간 나는 우리의 관계가 해피엔딩으로 끝나지 않을 거라는 걸 가슴 아프지만 명확히 깨달았다.

현재 난 충분한 돈을 벌고 가슴 졸이지 않은 채 매일 돈을 쓴다. 하지만 예상하지 않은 순간, 이를테면 세련된 표지의 포켓북이나 발코니에 놓을 예쁜 화분이 눈에 들어올 경우 두려움에 사로잡힌다. 그런 종류의 물건을 보면 예전에 샀던 빨간색과 검은색 귀걸이가 떠올라 온몸이 굳는다. 그 때문에 이따금 배가 고파 견딜 수 없을 지경인데도 가장 싼 샌드위치를 고르거나 아무것도 먹지 않는다. 상점으로 들어갔는데 뭔가가 마음에 든다 해도 자신과 싸우다가 계산대에 가지 않은 채 그냥 나오며, 난 역시 아버지의 훌륭한 딸이라고 느낀다. 항복하면 그건 지는 거다.

예를 들어 오늘 같은 다소 쌀쌀한 날씨에 나는 약국 바디오일 한 병 앞에 걸음을 멈춘다. 약사는 신속하고 찬찬히 내게 몇 가지를 발라보라 부추기며 여러 가지

향을 맡게 해준다. 라벤더 향, 장미 향, 석류 향.

"이런 계절에는 피부가 건조하기 쉬워요. 원한다면 욕조에 직접 한 방울을 뿌려도 됩니다. 피부를 잘 관리해야 해요, 선생님."

하지만 날 설득하지 못한다. 그 가격을 용납할 수 없다. 집에 비슷한 제품이 분명 있을 거다. 결국 난 비상시를 대비해 가방 속에 넣고 다닐 두통약만 산다.

마음속에서

　오늘 아침 집에서 나가는 데 왜 그렇게 많은 시간이 걸리는 걸까? 어째서 이런 것도 혼란스러워하는 걸까? 아침에 일어나는 게 점점 더 힘들어진다. 당장 행동하고 반응하고 움직이고 집중해야 한다. 하지만 오늘 서두르지 않고 여느 때의 평범한 하루를 준비하는 동안 난 넋을 놓고 옷장 앞에서 쭈뼛거리며 뭘 입을지 관심을 갖지 않는다. 식사를 즐기지 못한 채 서서 아침을 먹는다. 접시에 사과 조각을 올려놓지도 않고 그냥 잘라 먹는다. 커피를 한 잔 더 마시고 싶은지 아닌지 모르겠다. 불안하다. 어디에 있어야 할지 도무지. 십오 분이 지나고, 다시 십오 분이 흘러간다.

　막 나가려 하다가 다시 멈추고는 재킷을 벗고 옷에 어울릴 목걸이를 찾기 시작한다. 가장 아름다운 단어를 생각하면 어딘가에 있듯, 어딘가 보석함에 있을 거다. 이렇게 시간이 지연되면서 내가 나의 주인이 아니라 금치산자 같다고 느낀다. 문 너머에서 끔찍한 일이 일어나지 않을 거라는 걸 안다. 아니 절대 잊을 수 없을 하루가 앞에 있다. 수업, 동료들과의 모임, 아마 영화도 볼 거다. 하지만 뭔가 중요한 것, 휴대폰이나 서류나 신분증이나 열쇠 따위를 잊어버리거나 곤경에 처할까봐 두렵다.

저 녁 식 사 에 서

미혼남인 내 친구는 자기 집에서 조촐한 저녁을 준비하는 걸 좋아한다. 돔과 안테나가 보이고 편안하게 머물 수 있는 매혹적인 테라스가 딸린 펜트하우스에 산다. 하지만 오늘 저녁은 바람이 불어서 실내에서 식사를 한다. 나는 마지막 층까지 승강기를 탔다가 건물 꼭대기로 걸어 올라간다. 이 집은 어쩐지 장난감 같다. 모서리가 좁고, 짙은 색 대들보가 노출돼 있다. 방들은 작고, 방과 방이 이어져 복도가 없다. 거의 모든 방에 침대가 하나씩 있고 쿠션이 바닥에 쌓여 있으며 책들은 주변에 놓여 있다. 결국 어느 방에서나 언제든 책을 읽거나 잠을 잘 수 있는 집이다. 아이에게는 재미있을 거다. 하지만 내 친구는 칠십 대 우아한 신사, 가족 없는 교양 있는 남자다.

자리에 앉기 전에 고개 숙여 인사할 필요가 있다. 작은 신뢰가 바탕에 깔린 것만 빼고 손님들이 늘 바뀐다. 보통 나는 한 번 본 손님들을 또다시 보지 못한다. 몇 시간 계속되지만 반복되지 않는 일종의 사교 실험실이다.

나는 매서운 바람을 삼키며 걸어와서 배가 무척 고프다. 나는 조금 늦었고, 그룹은 이미 소파에 자리를 잡았다. 난 술 한 잔을 마시며 땅콩을 먹는다. 영화감독, 기자, 여성 시인, 심리학자, 신혼여행으로 이 도시를 선택한 북쪽 지방 커플에게 인사한다.

커플로 온 여성이 곧 신경에 거슬린다. 아마 악수할 때 내 얼굴을 보지 않았기 때문일 거다. 삼십 대의 다부져 보이는 부인이다. 뾰족한 얼굴은 몸과는 달리 말랐다. 매끄러운 머리카락을 하나로 묶었는데, 그 무게가 더해져 어떤 견고한 이미지를 주며 그녀를 가치 있게 해준다.

그녀는 도시에 대해 한마디 하는데 살짝 과장됐으며 모든 것에 말이 많다. 내가 무슨 일을 하는지 일행에게 설명하는데 그녀가 소파 위에 걸린 그림으로 관심을 돌리며 내 말을 방해한다. 자신이 화가를 개인직으로 인다고 말한다. 재능 있는 화가이긴 하지만 너무 과대평가됐다고 주장한다. 그녀의 의견이 사사건건 나와 충돌한다. 계속 나와는 맞지 않고, 다소 무례하기까지 하다. 하지만 그녀의 용맹한 태도에 호기심이 생긴다. 마법사 같은 여자, 군중을 사로잡을 줄 아는 그런 여자들 가운데 하나다.

식탁에 여섯 명이 앉았다. 수프를 먹고 난 뒤 모두들 말을 멈추었으나 둘만 내내 얘기한다. 우리는 영화에 대해 토론한다. 내 생각에 좋은 영화라서 영화를 칭찬한다. 하지만 그녀는 유명한 배우지만 최악이라고 주장한다.

난 술에 취하지 않았지만 자제할 수가 없어, 그녀에게 말한다.

"무슨 뜻인지 알고나 하는 말이에요? 그게 무슨 개 같은 소리예요?"

그녀는 대답하지 않고, 그 순간부터 날 완전히 지운다. 다른 사람들이 당황한 표정으로 우릴 쳐다본다. 친구들끼리 갖는 조촐한 저녁 식사에서 난 지금까지 그렇게 말한 적이 없다. 남편이 날 차가운 눈길로 노려본다.

난 그 남자가 사랑하고 당연히 한 가족을 만들고 싶어 하는 사람을 공격했다. 누군가 화제를 바꾸어보지만 난 대화를 따라가지 못하고 결국 아무것도 먹지 못한다. 친구는 아무 일 아닌 양 식탁을 치우고 케이크와 커피를 가져온다.

모욕을 받은 나는 피곤한데도 다시 걸어서 집으로 돌아온다. 사십 분 동안 어두컴컴한 건물들, 닫힌 창문들 아래를 급히 걷는다. 긴 산책 뒤에도 당혹감을 지울 수 없고 너덜너덜해진 기분이다. 저녁을 망친 것에 친구에게 사과를 할 것이다. 내일 아침 장을 보러 내려갈 광장을 가로질러 간다. 오늘 저녁은 분수대에서 잡담을 나누는 청년들에게 담배 한 대를 부탁한다.

•

휴 가 지 에 서

　머릿속을 정리하고 인근 마을에서 몸을 따뜻하게 하고, 지루한 일상에서 벗어나기 위해 난 가을 풍경이 좋은 다리를 건너 도시 밖으로 나간다. 햇살 좋은 휴양지에 도착한다. 시스템이 마음에 든다. 조용한 호텔, 맛있는 아침 식사, 정오까지 비어 있는 수영장. 작은 흠이 하나 있다면 이곳에서도 나는 다른 사람이 하는 걸 해야 한다고 느낀다는 것. 아침 식사 때 모두들 근처 긴 오솔길, 사슴이 많은 소나무 숲, 멋진 전망을 즐길 수 있는 꼭대기 레스토랑에 대해 흥분해 얘기한다. 방문해 볼 만한 유명한 여성 작가의 집도 있다. 하지만 난 기분이 내키지 않아 잠을 더 자다가 깨끗한 공기와 아이들이 뛰어들기 전의 조용한 수영을 즐기는 편을 택한다.

　어릴 적 부모님과 어디에도 놀러 가본 적이 없다. 나

는 부모님과 함께 앉아 있는 아이들과는 달랐다. 같이 식사를 하고 카드놀이를 하는 가족이 아니었다.

현명하고 고집도 셌던 것 같던 나의 아버지는 여행 가방을 싸고 얼마간 낯선 장소에서 적응하느라 애쓰느니 집 안에서 편히 쉬는 것이 낫다고 생각했다. "그러면 휴가의 목적을 이루는 거야" 하고 말하곤 했다. 그래서 매년 일을 할 필요가 없는 시기에 아버지는 집에 남았다. 늦게까지 옷을 입지 않았고, 조용히 광장으로 내려가 신문을 사고 벤치에 모여 있는 퇴직한 이웃들과 인사했다. 그다음 선풍기 앞 소파에 드러누워 신문을 읽고 음악을 잠시 듣곤 했다. 산과 바다를 찾지 않았고 자연풍경 앞에서 감탄하지 않았다. 아버지에게 평화는 집 안에서, 자신의 유일한 은신처인 익숙한 곳에서 가만히 있는 거였다.

나의 어머니는 여행하고 휴양지에서 쉬고 싶어 했다. 대도시를 방문하고 미술관, 성스러운 장소들, 신들의 사원을 구경하길 원했다. 아버지는 그 모든 것을 피곤하다고, 돈 낭비라고 생각했다. 아버지 생각에 따르면 바나나 산에선 늘 어떤 위험을 만날지 모른다. 아버지는 이렇게 말하곤 했다. 비가 온다면 큰일이잖아, 난 몇 시간씩 운전하기 싫다, 차라리 실내에서 뭣하면 극장에서 즐기는 게 더 의미가 있어. 돈을 벌고 운전하는 사람은 아버지였기 때문에 우리 가족 세 사람은 여름에 집에 남았다.

어른이 돼서 난 취미를 즐기는 법을 배웠고, 밖으로 나가 스트레스를 풀 필요를 알게 됐다. 일 년에 한 번 분위기를 바꾸는 게 싫지 않다. 같은 장소에 다시 가는 법이 없고, 관계를 만들지 않는 독립적인 생활을 선호한다. 일상생활에서 멀리 떨어진 느낌보다는 내가 태어난 가족과 나의 젊은 시절에서 외떨어지는 걸 더 좋아한다. 불편했던 것만큼 그 거리를 원했다. 햇볕을 쬐고 있자니 우울한 기분이 든다. 불행한 가족에 눈물이 난다. 결혼 생활 내내 불만이었고 과부가 된 걸 싫어했던 어머니가 안타깝다.

하지만 난 아버지와 마음이 맞기도 하다. 이번 한 주 휴가 비용은 어떤 면에서 출혈인 듯하다. 몇 가지 내 물건이 없고, 많은 사람들 속에 섞여 아침 8시에 옷을 차려입은 채 식사를 하는 게 벌써 조금 싫증이 난다. 이틀을 보내고 나니 커피는 충분히 뜨겁지 않고, 휴가철이 아닌데도 호텔은 만원이다. 아이들은 아침을 먹고 수영장에 뛰어들기 시작하고, 호텔을 운영하는 젊은 커플은 저녁에 음악을 틀어 모두가 별 아래서 춤추게 한다.

저녁을 먹고 나면 나는 방 안에 남아 텔레비전을 본다. 부모님에 대해 잠시 생각하다가 왜 그들은 날 이 조용한 방 안으로 계속 몰아넣는 걸까 스스로 묻는다.

난 두 분 가운데 누구를 닮았을까? 나처럼 방 안에 틀어박혀 책을 읽고 싶어 했을 아버지를 닮았을까? 아니면 밖에 나가 춤을 추고 싶어 했을 어머니를 닮았을까? 어머니는 아버지와 나와는 달리 사람들과 즐기는 걸 좋아했을 거다. 어머니가 사랑했던 사람들, 그 앞에서는 찌푸리지 않고 언제나 활짝 웃곤 했던 친구들과 친척들, 그들은 늘 집 밖의 다른 이들이었다.

슈 퍼 마 켓 에 서

빈 냉장고 앞에 있다가 난 슈퍼마켓에 가기로 결심했고 앞에서 소개했던 결혼한 그와 다시 만난다…… 뭘까? 가지 않은 길, 일어나지 않은 사랑 이야기. 손에 든 바구니에는 몇 가지 혼자 사는 여자의 변하지 않는 쇼핑 품목이 들어 있다. 반면 그는 각종 음식이 넘쳐나는 수레를 밀고 있다. 시리얼 몇 상자, 비스킷 몇 봉지, 식빵 러스크 몇 팩, 잼, 버터, 일반 우유, 저지방 우유, 두유. 그는 식구들이 각자 뭘 먹는지 설명하며 모두 함께 모여 아침을 먹기 위해 계속 싸우지만 좀처럼 다 함께 식사하는 일은 일어나지 않는다고 불평한다. 친구는 늘 찬장에 저장식품을 한가득 갖춰놓는 걸 좋아한다. 쌀, 파스타, 병아리콩, 토마토, 커피, 설탕 봉투, 올리브유, 단물과 탄산수 병들.

"혹시 모를 재난에 대비하기 위해서야."

그가 장난 섞인 목소리로 말한다.

"왜 재난이야?"

음식이나 뭐로나 그들에게 재난은 일어나지 않을 것 같다. 나는 저장식품을 쌓아두지 않는다. 거의 빈 냉장고로 깨끗한 찬장을 갖고 늘 평정심을 유지하며 산다.

우리는 계산대에서 따로 값을 치른다. 그는 물건을 모두 봉투에 넣는 데만 십오 분이 걸렸고, 난 슈퍼마켓 아래 주차장까지 함께 걷는다. 우리는 따분한 음악, 네온 조명, 음식 냄새, 조절이 안 되는 에어컨을 뒤로하고 떠난다.

"데려다줄까?"

"난 봉투 두 개뿐이야, 걸어갈게."

"아니야, 비 예보가 있어, 같이 돌아가자."

그가 짐칸을 연다. 색이 예쁘지 않은 옅은 녹색 투명 봉투들이 모두 비슷비슷해서 구분이 되지 않는다. 우리는 아이 카시트 안에 내 쇼핑 봉투를 놓기로 한다. 다소 지저분하다. 부스러기가 잔뜩 떨어져 있다. 카시트 주변에서 차 안에 몇 시간 동안 틀이박혀 있던 아이들의

흔적이 보인다. 여러 가지 장난감, 팔다리가 떨어져나
간 인형, 찢어진 책들.

봉투에서 그는 초콜릿 바 하나를 꺼낸다.

"빨리 먹어야 해."

내게 말한다.

친구가 설탕 섭취와 포화지방을 걱정하기 때문이라
는 걸 안다. 그가 내게 한 조각 준다.

"이 주차장은 아무도 몰라. 얼마나 조용한지 보이지,
내 비밀 장소야, 누구에게도 알려주지 않았어."

그가 집까지 날 데려다준다. 난 장 본 봉투를 들고 고
맙다고 인사하며 보통 때처럼 그의 양 뺨에 입 맞춘다.

"뭐 다른 것 필요하지 않아, 우리 것 좀 줄까? 반은
저장식품이야."

"재난이 일어나면 집에서 나가는 게 더 좋아."

"으음, 그래."

사실이다. 다른 건 필요 없다. 그가 날 위해 마음 한
쪽에 간직해둔 애정이면 충분하다.

바 다 에 서

나는 해변가 작은 마을의 레스토랑에 있다. 통유리를 통해 오늘 잿빛 하늘과 바다가 보인다. 이미 겨울이지만 바람이 별로 없는 아름다운 일요일이다. 태양이 빛나지 않지만 비도 오지 않는다.

여자 동료의 딸 세례식 날이다. 사실 거절하고 싶었으나 동료가 나의 참석을 중요하게 생각해서 초대를 받아들였다. 다른 동료가 날 태워다줬다. 귀찮은 사람이지만 불행히도 난 자동차가 없다.

성당에서 세례식을 마친 뒤 우리는 함께 레스토랑에 왔다. 인원은 적은데, 긴 테이블 세 개가 거의 공간 전체를 차지하고 있다. 레스토랑은 우리만 받았다. 레스토랑 주인이 동료의 가족을 잘 아는 듯이 보인다. 그들은 이곳에서 비슷한 여러 행사를 지냈기에 집같이 편안하게 생각한다. 초대 손님 대부분은 동료와 그 남편의 친척들이다. 부모님, 사촌들, 시부모님, 삼촌들, 여러 아이들. 여자아이가 시끄러운데도 유모차에서 곤히 잔다. 우리가 보는 앞에서 파도가 해변을 먹듯이 웃음소리가 높아졌다 낮아졌다 한다.

방금 세례를 받은 아이의 사촌들, 그러니까 좀 더 커서 걸어 다니는 아이들, 혼자서 먹을 줄 아는 아이들, 몇 킬로그램은 빼야 할 정도로 잘 먹는 그 아이들을 바라본다.

우리는 축배를 들고 나서 점심을 먹는다. 종업원들이 식탁으로 다양한 전채 요리, 홍합, 대합조개, 멸치, 치즈, 올리브, 훈제 참치, 새우 등을 가져온다. 날 데려왔던 지루한 동료가 멀리 떨어져 앉았지만 곧 다시 그의 차에 타게 될 터다.

난 식사를 하면서 포도주도 좀 마신다. 옆에 앉아 있는 사람들과 이야기한다. 내가 누구고 그녀를 언제부터 알았으며 어떤 일을 할 계획인지 설명한다. 난 바다를 덮다가 수평선 안으로 녹아드는 찌푸린 하늘, 이 혼란 너머의 평화를 바라본다. 나를 빼고 누구도 바다의 광

채를 깨닫지 못한다.

폐쇄공포증에도 난 그들의 단단하고 긴밀한 관계에서 배제된 채 일행에서 분리돼 있음을 느낀다. 동시에 내가 잘 알지도 못하는 사람들의 말에 귀 기울여야 한다. 육체적으로도 불편하다. 앉아 있는 게 고역이고, 목 위의 머리가 이상하게 무겁기만 하다. 목구멍에 아무것도 없지만 뭔가 걸려 있는 것 같다. 숨을 쉬자 배가 올라갔다 내려가는 게 보인다. 그런데도 가슴이 조이고 아파서 밖으로 나가 시원한 바람을 쐬고 싶어진다.

난 주변을 살핀다. 기댈 곳, 의지할 데가 필요하다. 아이가 깨자, 동료 남편이 품에 안아 달랜다. 아이가 운다. 할머니가 와서 진정시킨다.

나는 벌떡 일어선다. 화장실을 찾는다. 다행히 밖에 있다. 할 수 없이 밖으로 나가게 된다.

"날씨가 춥습니다, 손님, 옷을 입으시는 게 좋겠습니다."

종업원이 내게 알려준다.

난 외투를 입고 화장실에 간다. 그다음 몰래 빠져나와 해변으로 내려간다. 바다가 요동치는데 장관이다.

나는 황제의 집 유적에 들어와 있다. 집의 크기, 한때 바다가 바라다보이던 방들, 황제가 여름에 살았던 그곳의 윤곽이 어렴풋이 가늠된다.

난 오늘 오후 세례를 받은 아이를 생각한다. 아이는 자신 삶의 시작을 알리는 즐거운 행사를 알지 못하며, 세상 이야기도 모른다.

바깥에서 보니 인공조명이 환히 비춘 레스토랑이 사람들로 가득 찬 수족관 같다. 모두들 다른 색깔의 옷을 입고 천천히 움직인다.

이제 해변에 나 혼자만 있지 않다. 다른 아이들이 유리 큐브에서 빠져나왔다. 해안으로 달려가 소리치고 자갈을 던진다. 아이들은 사람이 살지 않는 빌라 잔해 사이 동굴에 숨는다.

밖에는 맹렬한 소음이 있다. 요란한 바람과 바다 소리, 모든 걸 먹어치우는 듯한 파열음. 왜 그 요동치는 소리가 이리도 우리 마음을 차분히 가라앉히는지 궁금하다.

카 페 에 서

난 결혼한 적이 없지만 많은 여자들이 그러하듯 몇몇 유부남과 사귀었다. 오늘 나는 강 건너 동네에 자리한 이 카페에서 만났던 한 남자를 생각한다. 지금 이 카페에 나는 혼자 있다. 그날 나는 커피 한 잔을 마시고 막 카페를 나오던 중이었다. 그가 따라와 길에서 날 붙잡았다. 그는 내 뒤를 미친 사람처럼 뛰어왔다.

남자가 그렇게 헐레벌떡 날 쫓아온 건 처음이었다. 난 충분히 매력적이지만 모든 남자를 사로잡을 만큼 아름다운 여자는 아니다. 하지만 그는 더듬거리며 내게 말했다.

"방해했다면 죄송합니다. 당신을 만나고 싶습니다."

이게 다였다. 그는 쉰 살쯤 되어 보였고, 나는 이십 대였다. 그는 다른 말은 덧붙이지 않은 채 불안한 기색이 엿보이는 맑은 눈으로 날 가만히 쳐다보며 애원했다. 그의 눈빛은 부드러우면서도 고집이 담겨 있었다. 난 그를 무시하려 했지만, 기분이 좋았고 그는 그렇고 그런 여자 사냥꾼은 아닌 듯했다.

"커피 한 잔만요."

그가 덧붙였다.

"방금 한 잔 마시고 나왔어요, 할 일도 있고요."

"그럼 이따 5시쯤, 이곳에서 당신을 기다리겠습니다."

그날 오후 난 여자 친구와 만났다. 그날 일어났던 일을 친구에게 설명했다.

"어때 보였는데? 괜찮았어?"

"글쎄. 아마도."

"잘생겼어, 옷은 잘 입었고?"

"그렇다고 해야겠지."

"그래서 어떻게 할 건데?"

5시 20분에 나는 카페에 다시 갔다. 그는 테이블에 앉아 공항에서 사랑하는 사람을 기다리는 남자처럼 그렇게 날 기다리고 있었다. 내가 들어오는 것을 봤을 때 그의 눈에 떠오른 열정을 잊지 못할 거다. 불행히도 그는 결혼해 정착한 남자였고, 난 그와 짧은 러브스토리를 만들었다. 그는 다른 도시에 살았는데 이따금 낮에 일 때문에 이곳에 오곤 했다. 덧붙일 게 또 뭐가 있겠는가?

알팍한 기억. 점심시간에 도시 밖으로 몇 번 드라이브했다. 그는 차를 타고 야외 어딘가로 나가 맛있게 먹을 수 있는 시골 허름한 식당을 찾는 걸 좋아했다. 텅텅 빈 음식점들이 생각난다. 한번은 우리 둘, 종업원 한 명과 주인, 절대 모습을 드러내지 않는 요리사만 있던 식당도 있었다. 우리는 오후 내내 그곳에 남아 이야기를 했다. 우리가 무엇을 먹었는지는 모르겠고, 다만 성대한 피로연처럼 주변에 갖가지 다양한 음식들이 있었다.

식당 측은 남자 친구가 식탁에서 담배 피우는 걸 허락해줬다. 난 그가 아내와 어느 도시에 사는지도 알지 못했다. 그는 내 집에 온 적이 없다. 난 그의 전화를 기다렸고, 매번 약속을 잡고 나갔다. 짧은 기간의 빛, 더 이상 나와는 상관없는 뜨거운 에피소드였다.

빌 라 에 서

　내가 사는 집 근처에 한때 부유한 가족이 소유했던 빌라가 있다. 그곳 주변 정원을 지금은 개들과 아이들이 좋아한다. 종종 나는 아침 느지막히 그곳에 가서 오솔길을 따라 시원한 바람을 쐬며 걷는다. 거대한 새장 앞을 지나는데, 이층집만큼 크고 아주 멋진 돔이 달렸다. 더럽고 난폭한 비둘기들이 마치 살아 있는 철조망처럼 새장 위에 앉아 있다. 선명한 녹색 깃털이 달린 앵무새들이 이 나무 저 나무로 날아다니거나 풀밭에 착륙해 몇 분 앉아 있다. 안에 있는 돌 분수에 앵무새들의 녹색 깃털과 같은 색깔의 이끼가 덮였다. 그래도 물이 계속 흐른다.

　오솔길을 따라 존재하지 않는, 불안감을 주기까지 하는 생물들이 조각된 여러 개의 분수가 있다. 가슴이 네 개인 여자, 엉덩이 아래로 사자 몸통인 여자. 허리 아래로 털이 덮이고 염소 발굽이며 등에 항아리를 진 사티로스들이 있다. 여자들은 활기 없는 동물들 모습으로 도발적인 포즈를 취하고 있다. 물고기 꼬리가 달린 아이들은 황홀한 표정으로 조개를 연주한다.

빌라는 늘 닫혀 있지만 아름다운 창문들을 통해 안에 짙은 색 나무 테이블, 의자, 책이 가득한 선반들이 보인다. 도서관이나 연구소인 듯한데 밖에 어떤 푯말도 없어서 비밀스러운 분위기가 감돈다. 저 안에 앉아서 책을 읽으면 틀림없이 기분이 좋을 거다. 헌데 인기척이 전혀 없다.

오늘 걸으면서 두 사람, 노부인과 노신사를 만난다. 칠십 대로 보인다. 그들은 아주 천천히 내려온다. 한때 시냇물이 흘렀던 것처럼 땅에 고랑이 있어 오솔길은 조금 울퉁불퉁하다. 그들은 바싹 붙어 있지만 남편과 아내 같지는 않다. 오히려 남매같이 보인다. 어린 시절, 피로 맺어진 끈끈한 친밀감을 함께 나누었을 것이다.

가까이 다가가니 노부인이 한 걸음 떼기도 힘들어 보인다. 배에 가는 배수관이 붙어 있다. 두 개의 튜브, 두 개의 투명한 플라스틱 봉투다. 하나는 피로 찼고, 다른 하나에는 밝은 색깔의 끈적끈적한 액체가 들어 있다. 선글라스를 쓰고 있는데, 검고 사각 모양인 렌즈가 지나치게 커서 난 부인의 눈을 들여다볼 수가 없다. 하지만 강철 여인이라는 인상을 받는다. 며칠 전 수술을 받았음이 틀림없다. 빌라 뒤에 병원이 있는데, 아직 환자거나 회복이 되어 막 퇴원했지만 밖에 있는 게 불편한 상황인 듯하다.

남자 형제인 것 같은 노신사는 옆에서 아주 가까이 걸으며 부축해준다. 그는 손에 길고 가는 튜브를 들고 있는데, 이 시간에 공원에는 개들이 여기저기서 자유롭게 뛰어다니고 있어 마치 개목걸이를 들고 있는 것처럼 보이기도 한다.

노부인은 지금 공원에서 시끄럽게 소리치며 놀고 있는 아이들보다 더 활기가 넘쳐 보인다. 끈으로 연결된 두 사람의 이미지가 날 감동시킨다. 그들 사이의 헌신, 연결된 삶을 비로소 이해할 수 있다. 난 우리 안에 흐르는, 순환되어야 하고 규칙적으로 제거돼야 하는 물질을 생각한다. 숨겨진, 흉하지만, 중요한 작업들.

그들은 이야기하면서 조심조심 걷는다. 그녀는 다른 곳에서 고통 없이 누워 힘든 수술을 받고 난 뒤 수술실에서 깨어나 이 세계로 다시 들어왔을 것이다.

시 골 에 서

　늘 세계를 돌아다니는 내 여자 친구의 시골집에서 이틀을 머물러 간다. 어느 날 친구는 쇠약해진 내 모습을 보고는 말했다.

　"휴식이 반드시 필요해. 그곳에선 방해하는 사람이 없을 테니 제발."

　요즘 삶이 날 너무 잡아끌었기 때문에 친구의 초대를 받아들인다. 준비를 하고 중앙역에서 기차를 탄다. 표지판 목적지가 당황스럽다. 늘 갈 길이 참 많다. 자신이 가는 길이 얼마나 우연적인가 하는 생각이 든다. 여정은 길지 않아서 신문을 다 읽기 전에 내려야 했다. 주차장에서 날 기다리고 있는 자동차를 찾는다. 정원사가 두고 간 거다.

　언덕 사이에 자리한 동화 같은 이 지역은 여름엔 틀

림없이 천국이겠지. 난 핸들을 좀처럼 잡지 않지만 운전에는 문제가 없다. 튼튼하고 안전한 차를 모는데 길은 계속 오르막이다. 친구의 충고를 따라 마을에 들러 사흘치 장을 본다. 그래야 다시 나갈 필요가 없다. 상인들에게 내 친구의 손님이라고 말하자 허물없이 인사하고, 물건을 사기 전에 치즈 조각을 맛보게 해준다. 지금 닥친 맹추위를 걱정한다. 사흘 연속 기온이 낮고 아마 눈보라도 몰아칠 거다.

집은 계곡에 있고, 경관이 멋지다. 하늘은 넓고 밝으며, 멀리 옹기종기 모여 있는 다른 집들이 보인다. 수영장에 비닐천이 덮여 있고, 해먹이 바람에 흔들거린다. 마른 나뭇가지가 빽빽한 정원 퍼걸러는 가지치기가 필요하다.

난 돌 밑에 넣어둔 열쇠를 찾아 문을 연다. 여행 가방을 풀고 벽난로에 불을 지피고 커피를 올려놓는다. 시골집이라 주방이 크고, 낮은 대리석 개수대는 창문에서 들어오는 빛에 젖었다. 테라코타 냄비와 프라이팬, 손으로 그림을 그려 넣은 단지들과 주전자. 철 열쇠들이 읽을 수 없는 긴 비분처럼 천상 아래 쏘으트 둘시어 낄

려 있다. 이젠 없는 문들을 오래전 한때 열었던 불필요
한 열쇠들.

난 운동화를 신고 해 지기 전에 산책을 한다. 밀밭을
가로지르는 오솔길을 따라간다. 이곳은 시끄러운 소음
이 없다. 마을은 목가적이다. 돌돌 만 건초 더미들처럼
그렇게 잘 정리되어 있다. 모든 변화에, 모든 학살에 저
항하는 곳이다. 나는 강까지 나갔다가 시계를 보고 다
시 돌아온다. 고독은 시간을 정확히 계산하기를 요구
하고, 지갑 안의 돈처럼 난 늘 시간을 의식한다. 시간을
얼마나 죽여야 할까, 저녁 식사 전까지 혹은 잠자리에
들기 전까지 시간이 얼마나 남았을까. 하지만 여기서
시간은 다르게 계산된다. 그래서 한 시간의 산책은 훨
씬 더 길게 느껴진다.

저녁때 나만을 위해 요리한다. 보통 도시에서는 집
아래 스낵바에서 식사를 해결하거나 올리브에 절인 참
치 캔 하나와 포크 하나면 족하다. 하지만 이곳에선 힘
이 들더라도 진짜 식사를 준비할 생각이다. 접시에 닭
다리를 몇 개 올리고, 백리향, 저민 마늘, 소금, 레몬을
뿌리고 오븐에 굽는다. 난 식기류를 좋아한다. 두꺼운

노란 접시들, 얇고 투명한 잔들. 친구 부부의 책이 관심을 끈다. 도시를 돌아다니며 관람했던 다양한 전시회 팸플릿을 본다. 시간 날 때 읽으려고 집에서 가져온 책들에는 관심 없다. 다른 특별한 것들에 둘러싸여 있을 때가 늘 더 좋다.

저녁을 먹은 뒤 불 지핀 벽난로 앞에서 책을 읽다가 졸기도 하고, 친구 부부의 음반을 듣기도 하고, 일 년 전 잡지들을 훑어본다. 잠자리로 친구 딸이 쓰던 방, 낮은 지붕 아래 싱글 침대를 선택한다. 옷장 안에 깃털 이불과 함께 후드 티 몇 개, 수영복이 든 바구니가 보인다. 짙은 색 나무로 된 무거운 캐노피 더블 침대보다는 이 소박한 잠자리가 더 좋다.

이튿날 날씨가 더 추워졌다. 밀밭을 건너가는데 땅이 얼어붙어 발자국이 남지 않을 정도였다. 바람이 불었고 멀리 있는 집 불빛들이 서글퍼졌다. 돌아오는데 아는 사람 없이 혼자 이곳에 있는 게 좀 버겁게 느껴진다.

집 안으로 들어가기 전에 오솔길에서 뭔가가 보인다. 잿빛 작은 생물이다. 죽었다. 그 죽음에 나도 몸이 굳는다. 생쥐다. 비록 남방 시선을 놀리긴 했지만 이미 모든 걸 봐버렸다. 구부러진 섬세한 꼬리, 북실북실한 부드러운 털. 하지만 더 당혹스러운 건 머리가 없다는 거다. 머리가 잘려나갔다. 그런데 어쩌다, 왜? 다른 동물이, 어떤 사나운 새가 그랬을까? 머리가 잘려나간 몸은 혐오스러운데도 무화과를 연상시킨다. 그 차가운 날씨에 한여름에 즐기던 그 과일, 달콤하고 미지근한 강렬할 정도로 빨간 과육이 생각난다.

동물은 움직이지 않지만 내 안에서 휘젓고 돌아다니는 것 같다. 쥐는 아무것도 할 수 없으나 날 깊이 흔들어놓는다. 지금까지 이곳에서 즐겼던 편안한 느낌을 순식간에 쓸어버린다.

어떻게 그렇게 정확히, 어떻게 그렇게 깔끔하게 잘라냈는지 궁금하다. 생쥐를 완벽하게 물어 도려낸 다른 동물이 혹시 돌아다니는 걸까? 어떻게 머리만 먹고 나머지는 그냥 뒀을까? 뭣보다 왜 나는 이런 격한 반응을 보이는지 이유가 궁금하다. 내 앞에 작은 동물이 죽어 있다. 어제 저녁 나는 조용히 닭다리에 기름칠을 했다. 생명 없는 날고기에 전혀 동요하지 않았다. 오븐 접시 여기저기에 얼룩졌던 피는 너무나 평범한 거였다.

난 죽은 쥐를 보고 싶지도 만지고 싶지도 않다. 어서 자리를 떠나 머릿속에서 그 이미지를 지우고 싶을 뿐이다. 자동차를 타고 도시로 다시 돌아가고 싶었다. 하지만 그건 내가 감당해야 할 몫이고, 도와줄 사람은 없다. 정원사를 불러 쥐를 치워달라는 건 너무 연약한 태도 같다. 난 고개를 돌리고 급히 동물을 넘어간다. 쥐가 다시 살아나서 달려들어 날 죽이지나 않을까 하는 쓸데없는 두려움에 숨이 막힌다.

집에서 쥐를 덮을 뭔가를 찾는다. 껍질을 벗긴 토마토 통조림 캔 하나를 찾아 속을 비워내고 물로 잘 씻는다. 그리고 쥐를 들어 올릴 얇고 평평한 것이 필요하다. 종이 상자를 찾아내어 가위로 네모나게 자른다. 이런 것이 기발한 아이디어일 거다. 하지만 사용할 마음이 들지 않는다. 집 안에 남아 따뜻한 차 한 잔을 준비한다. 이 작은 일에 당황하는 내가 너무나 약하다는 걸 느낀다.

잠시 뒤 밖으로 나간다. 손에 빈 캔, 딱딱한 판지 조각을 들고 있다. 쓰레기통을 꺼낸 다음 봉투를 미리 열어놓는다. 고개를 돌린 채 불안에 떨며 쥐를 덮는다. 쥐는 생명이 없는데 난 땀이 나고, 심장이 벌렁거리고, 손이 떨린다. 일단 덮고 나자 좀 덜 고역스럽다. 무릎을 꿇고 쥐 아래로 판지 조각을 천천히 밀어 넣는다. 하지만 곧 걸리는 데가 조금 있어, 조심스럽게 밀어 골판지 쓰레받기 위로 쥐가 미끄러져 들어가게 한다. 난 빈 캔을 보지 않고 모든 일을 한다.

난 도구를 손에 들고 일어선다. 몇 초 동안 몇백 그램 안 되는 쥐의 무게가 무겁게 짓누르는 것 같다. 쥐를 안으로 옮길 방법을 생각한다. 정리한 관을 쓰레기통 쪽으로 가져가 미리 열어놓은 봉투에 던져 넣고 닫는다. 시체는 사라졌지만 오솔길로 다시 와보니 쥐를 치우는 동안 몸에서 흘러나온 피 얼룩이 있다.

다행히도 저녁에 비가 왔고, 다음 날 햇볕에 피 얼룩까지 사라진다. 하지만 목이 잘려 죽은 불쌍한 쥐는 아직도 한여름 무화과의 빨간 과육과 입안에 감돌던 그 맛을 생각나게 한다.

침 대 에 서

저녁때 침대에서 책을 읽으면 집 아래로 쌩쌩 달리는 자동차 소리가 들린다. 그 소리가 점점 내게 안정감을 준다. 아무튼 이 소리가 들려야만 잠들 수 있다. 그러다가 한밤중 언제나 같은 시간에 잠을 깬다. 쥐 죽은 듯한 고요 때문이다. 그 순간 거리를 달리는 차도, 어딘가로 향하는 사람도 없다. 잠이 점점 가늘어지며 날 떠난다. 누구라도 좋으니 어떤 이가 나타나기를 기다린다. 그 어둠의 시간에 들어서는 생각은 늘 가장 어둡고 또렷하기까지 하다. 첫 아침 햇살이 어두운 생각을 흩어놓고, 삶의 동반자가 집 아래로 지나가는 소리가 다시 들릴 때까지 그 침묵이 검은 하늘과 함께 날 움켜잡고 있다.

전 화 통 화 에 서

오늘 난 애인으로부터 여러 통의 전화를 받는다. 그
는 실수로 버튼을 눌렀고 그도 모르는 사이 내게 전화
가 걸려온 거다. 휴대폰에 뜬 그의 번호를 보고 전화를
받으며 "여보세요"라고 말한다. 그는 열정적으로 말하
지만 내게 말하는 게 아니다. 그가 점심을 먹는 동안에,
그가 레스토랑에서 그날의 요리를 주문하는 동안에, 그
가 거리를 걷는 동안에, 그가 일을 하는 동안에 난 그의
목소리를 듣게 된다. 그의 떠도는 목소리는 내 귀에까
지 들려온다. 멀지만 알아들을 수 있고, 소리는 들리지
만 그는 없다. 그는 말하고 웃는다. 자신도 모른 채 나
와 이 모든 것을 함께한다.

집에서 나는 특별히 계획이 없다. 온종일 춥다. 난방
을 켜지 않는 가을의 그 시점이라 난 두꺼운 스웨터를

입고 거의 한 시간마다 찻물을 끓인다. 깃털 이불인데도 침대 시트가 전혀 온기를 전하지 못한다. 맨발에 와 닿는 차가운 돌판 같다.

전화가 울릴 때마다 이번에는 혹시 정말 날 찾는 걸까 생각하며 전화를 받는다. 하지만 그는 내게 전화한 게 아니라 내 인사를 듣지 못하며, 우리 사이에 의도하지 않았던 여러 번의 통화가 있었다는 사실조차 깨닫지 못한다.

난 누구와 이야기하는 걸까? 그는 어디 있는 걸까? 난 모르겠다. 그는 사무실이나 커피숍이나 전철 플랫폼이나 그런 곳에 있을 것이다. 하지만 그의 전화가 올 때마다 배신감을 느낀다. 그가 모르는 이런 접촉이 날 아프게 찌르고, 그 어느 때보다 더 외로움을 느끼게 한다.

마침내 늦은 오후 휴대폰이 울렸고, 이번에도 그다. 내가 전화를 받자 그가 다정한 목소리로 인사한다.

"내 사랑, 안녕."

"안녕, 오늘 하루 어땠어?"

"아주 지루했어. 계속 사무실에 있었고, 점심 휴식 시산노 없이 온종일 일만 했어. 당신은?"

"나도 지루한 하루였어."

"그래? 우리 저녁 먹으러 갈까?"

"오늘은 저녁 생각이 없어."

"왜?"

"두통이 있는데 가시질 않아."

난 전화를 끊고 나서, 배가 고파 혼자 저녁 식사를 하러 밖으로 나간다. 바람이 살을 엔다. 바깥 날씨보다 내 마음속이 더 춥다는 걸 느낀다.

그 늘 에 서

어제 시곗바늘을 한 시간 뒤로 맞췄고, 오늘 집으로 돌아가는 다리를 건너는데 벌써 날이 어둡다. 파라솔들이 켜진 뜨거운 모래사장 위에서 빛나던 오후가 생각난다. 마을 전체가 물속에 있는 것 같았다.

난 결혼식 때문에 그곳에 있었다. 다음 날 집으로 돌아가는 대신 나는 그 바다를 잠시 즐기기 위해 머물렀다. 깔 천도 선크림도 없었지만, 그리고 사실 해변이 방처럼 좁고, 검고 날카로운 바위가 양옆으로 쪼르르 나 있어 유쾌하지 않았지만 바다가 필요했다. 요동치는 바닷물, 새하얀 파도 거품은 눈이 부실 지경이었다. 내 앞에 검은 머리의 작고 다부진 엄마가 아이들에 둘러싸여 있었다. 아이가 적어도 네 명은 됐다. 품에 안고 있던 발가벗은 남자아이, 엄마처럼 예쁘지만 삶에 이끽 상처 입지 않은 딸이 지금도 떠오른다. 아버지는 없었지만 엄마가 밀려오는 큰 파도 앞에서 흔들리지 않는 기둥이 돼주었다. 그 고삐 풀린 바다에서 그들은 평온했고, 너무나 즐거워했다. 그 아이들도 두려움 없이, 적절한 순간 파도를 피하며 깡충깡충 뛰어다녔다. 반면 나는 부서지는 파도에 계속 맞았고, 밀려오는 불안한 파도를 넘어 물속으로 들어가 편안히 헤엄칠 수 없었다.

난 뒤쪽 해변으로 돌아갔다. 몸을 드러낸 채 마비된 듯 꼼짝 않는 사람들로 북적였다. 어찌어찌 비치 의자 사이에 자리 잡았다. 햇살이 너무 쨍쨍해서 정말 이러다 죽지 않을까 겁이 났다. 그 햇살을 막고 싶었다. 바다 한가운데 부여잡을 수 있는 암초라도 되듯, 어디 손바닥만 한 얼룩, 그늘이라도 있으면 들어가고 싶었다. 그래서 불편한 내 존재를 모른 채 잠을 자고 있는 한 여자 쪽으로 천천히 자리를 옮겼다. 그녀의 몸은 샘이 날 정도로 지금 이곳과 잘 어울렸다. 한쪽으로 돌린 고개, 감은 눈, 풀어놓은 빨간색 수영복 끈. 내겐 그녀가 가진 평온이 없었지만 그녀 가까이에 있음으로써 조금 기분이 좋아지는 걸 느꼈다. 미안하긴 했으나 그 때문에 나 역시 다른 사람의 그늘 속에서 잠이 들었다.

잠을 깼을 때 여자가 누웠던 의자는 비어 있었다. 해가 지고 금방 어둑어둑해진 하늘에 난 우울해졌다.

누구든지 이용할 수 있는 그 그늘은 구출이라기보다 패배였다. 생각해보면 바다는 늘 감수해야 할 혹은 넘어가야 할 야생의 요소, 열망하는 혹은 증오하는 요소다.

비교당할 똑똑한 남자 형제나 아름다운 자매가 없음에도 난 그늘에 있지 않도록 조심한다.

이 계절의 냉혹한 그늘 또는 자신 가족의 그늘을 피할 수 없다. 동시에 내겐 누군가의 친절한 그늘이 없다.

겨 울 에

한 해의 끄트머리, 도시의 젊은이들이 모두 휴가를
갈 때 난 나들이 초대를 받아들여 내 친구와 그들의 아
들, 딸과 성을 방문하게 됐다. 그 남자, 다리의 그 남자,
아내와 말다툼했던 그 남자, 슈퍼마켓의 그 남자가 운
전을 한다. 내 친구도 함께 가야 했지만 독한 감기에 걸
려 마지막 순간에 포기했다.

시내로 들어가는 길 우리는 다리를 좀 펴고자 한 외
딴 마을에 차를 멈춘다. 그는 절벽 앞에 주차한다. 우리
는 차에서 내려 햇살 좋은 데를 찾아 좁은 길을 따라간
다. 손에 빗자루를 든 한 부인이 깃발 두 개가 나란한
아주 작은 분수가 있는 광장을 청소하는데, 공공장소를
마치 자기 집 거실이라도 되는 양 다룬다.

우리는 잠시 산책을 한다. 아이들은 우리 앞에서 달

려간다. 우리는 들녘이 내려다보이는 우아한 빌라 아래 있다. 조각상 밑에 적힌 가족의 이름을 읽는다. 돌로 된 건물 정면은 색이 따뜻하다. 분홍색, 노란색, 오렌지색 이 섞인 빛바랜 돌에 가로등 그림자가 떨어진다. 오후, 마을은 거의 사람이 살지 않는 것 같다. 마을이 저물어가는 부신 빛에 익사하고 있다.

우리는 획획 부는 바람에 몸이 구부러지고 눈물이 난다. 꼭대기에 있는 성당, 크리스마스트리마냥 반짝이는 빨간색 구슬을 장식한 오래된 올리브 나무를 본다. 위로 올라갈수록 바람과 추위가 우리를 때린다. 사방으로 탁 트인, 허공에 안긴 공간이 우릴 감싼다.

길 하나가 호기심을 끈다. 사실 막다른 골목, 건물 서너 개로 이어지는 일종의 안뜰이다. 아니면 입구 서너 개가 따로 떨어져 있는 한 건물일지 모른다. 보수된 공간이다. 몹시 컴컴해서 눈에 익느라 힘이 들었지만 천천히 벽돌 아치로 이어지는 난간 없는 작은 계단, 부서진 닫힌 문들이 보인다. 틈을 통해 들어오는 겨울 석양이 놀랍도록 아름답다. 마치 굴속에 있는 듯한데 빛이 살아 있는 생물처럼 안에서 헤엄친다.

그 반쯤 닫힌 작은 공간에 들어서자 난 그곳에서의 생활을 꿈꾼다. 모든 것에서 멀리 떨어져 그런 은신처에서 살았으면 좋겠다. 그가 곁으로 다가온다. 우리는 함께 광경에 감탄한다. 돌아가기 전에 그가 고개를 돌려 날 바라본다. "매력적이야." 그가 말한다. 그 말에 마음이 따뜻해지지만, 날 두고 한 말인지 그 공간을 두고 한 말인지 잘 모르겠다. 그는 수수께끼 같은 타입이다. 짧은 외출임에도 그는 도시 밖에서의 낭만적인 나들이를 원했고, 오늘 우리 사이에 작은 불꽃이 튀는 듯하다.

딸아이가 따뜻한 코코아를 원해서 우리는 마을로 내려간다. 어디로 가야 열린 카페를 찾을 수 있는지 정보를 구한다. 빗자루를 든 부인이 "저 아래 가서 물어보세요" 하고 말한다. 우리는 이발소 앞에 발길을 멈춘다. 놀랍게도 열려 있고 안에 손님이 여럿 있다.

"길 끝에, 약 삼백 미터 가면 있소이다."

얼굴에 비누를 칠한 채 의자에 누워 있던 신사가 우리에게 말해준다.

우리는 길 끝에 도착하지만 불행히도 카페가 닫혀 있다. 겨울철에는 철거해야 할 외부 커다란 천막이 바람에 세차게 펄럭인다.

우리는 절벽 앞에 두었던 자동차로 돌아온다. 그가 엔진을 켜고 후진 기어를 넣는데 나는 불안하다. 우리와 그 위험한 절벽 사이의 낮은 시멘트 장벽이, 그의 운전이 미덥지 못하다. 허공 앞에 차가 심하게 기울어져 있는 것만이 느껴진다. 우리는 후진해서 올라가고, 차는 부릉거린다. 항상 정돈돼 있는 광장, 날 매혹시켰던 조용한 굴, 오늘 저녁 말끔히 면도한 얼굴로 저녁을 먹을 신사를 뒤로한 채 우리는 중력의 힘을 거스르며 멀어진다. 따뜻한 코코아를 마시지 못하고, 자동차 미지근한 히터만 쐰다. 오는 내내 노래를 흥얼거린 딸아이만 빼고 우리는 조용히 집으로 돌아온다.

문 구 점 에 서

내가 좋아하는 문구점이 시내 한가운데 인적이 붐비는 두 길 모퉁이 옛날 건물에 있다. 연말에 그곳에 가서 아끼는 구매 물품인 새 수첩을 산다. 연말에 수첩을 사는 건 하나의 의식과 같다. 하지만 거의 매주 즐거이 문구점에 들러 투명 서류철, 포스트잇 한 팩, 새 지우개를 산다. 지우개는 잘 지워지지 않았다. 알록달록한 노트들을 뒤적거리고 다양한 펜의 심을 종이쪽지에 시험해본다. 종이는 급하게 휘갈겨 쓴 수많은 낯선 사인들로 도배돼 있다. 집 프린트기에 넣을 잉크와 편지, 공과금 영수증, 노트 등 내 존재를 알릴 종이 흔적들을 정리할 여러 개의 박스를 달라고 한다. 특별히 살 것이 없을 때도 난 진열장 앞에 잠시 머무르며 배낭, 가위, 압정, 풀, 스카치테이프, 가득 채우길 좋아하는 줄 쳐진 혹은 줄

없는 수많은 노트들, 특별하지만 별로 반갑지는 않은 가계부 노트까지 기분 좋은 문구류들을 감상한다. 비록 그림을 그리지는 못하지만 크림색 두꺼운 도화지를 손으로 엮은 스케치북을 고르고 싶다.

난 문구점 주인들을 관찰한다. 윤이 나지 않는 짙은 머리카락의 뚱뚱한 어머니가 계산대에 앉아 있고, 아버지는 귀중한 보석들인 양 유리장 안에 둔 만년필들을 맡고 있는데 잉크병을 고급 향수 다루듯 한다. 부모는 종종 아들과 얘기한다. 검은색 옷을 입은 키가 크고 마른 아들은 순식간에 계단을 올라가 여러 상품들을 가지고 내려온다. 활발하고 합리적인 가족 토론이 그들 관계의 비결일 거다. 그들은 어머니가 늘 훑어보는 일간지, 도시에서 일어난 요상한 사건들, 그들이 가보지 못할 나라들에서 일어난 재난을 이야기한다.

문구점 어머니가 특히 내게 친절하다. 한번은 가게에 선글라스를 두고 나와 걱정을 했다. 급히 되돌아가 선글라스를 잃어버렸다고 이야기하자 그녀는 곧 계산대에서 내려와 함께 천천히 매장을 둘러봤고, 내가 갔던 길을 뇌짚으며 선반들 앞에 멈춰 선글라스를 찾아다녔다. 난 그날 많은 물건을 샀는데도, 그녀는 그 물건들을 하나도 놓치지 않고 모두 기억했고, 때문에 묻지 않은 채 내가 갔던 길을 다시 살펴 나갔다.

"여기엔 선글라스가 없네요, 손님."

샅샅이 둘러보고 나서 그녀가 말했다. 그녀는 날 가만히 쳐다보더니 선글라스가 내 외투 깃에 붙어 있는 걸, 박쥐처럼 스카프 뒤에 걸려 있는 걸 깨닫게 해줬다.

몇 년 전부터 문구점은 내 중심 거점이다. 학생 시절 나는 늘 그곳에서 학교와 대학교에서 필요한 물건, 지금은 수업을 가르치는 데 필요한 물건을 사곤 했다. 필요한 것이기도 했지만 문구점에서 산 물건들은 모두 날 행복하게 해준다. 내 존재를 확인해준다.

하지만 오늘 문구점에 갔을 때 진열장에는 여러 가지 딱딱한 여행 가방들만 보였는데, 특히 비행기를 타고 빨리 도망가고 싶을 때 기내에 끌고 들어갈 작은 모델이 아주 파격적인 가격에 나와 있었다. 가게 안 위쪽 선반들을 치워버리고 중간에 좀 더 큰 다른 여행 가방들을 상표와 색깔별로 모아놓았다. 그러나 조화롭지 못했고, 오히려 끔찍해 보였다. 선반이 높았는데도 공간의 우아한 균형이 깨져 그렇고 그런 특색 없는 가게가 됐다. 공항 혼잡한 구역, 결국 아무도 찾으러 오지 않아 컨베이어벨트에 덩그러니 남은 속 빈 가방들 같았다.

여행자, 여러 가지 묵직한 내용물, 목적지를 기다리는 그 빈 새 여행 가방들을 바라보자니 참 슬프다. 다른 상품들 없이 오직 여행 가방들만 있다. 그런데 가게 입구에서 크고 작은 우산들이 보인다. 모두 비가 억수같이 오기 시작할 때 낙담하는 관광객들을 기다리는 헌 우산들, 폭우가 그치고 대개 쓰레기통에 들어가고 마는 버려지는 우산들, 상처 입은 청로처럼 함부로 쓰레기통에 꽂히는 우산들이다.

예전 문구점 가족이 가게 운영을 그만뒀다. 더는 그들이 보이지 않는다. 얼굴선이 고운 핏기 없는 청년이 혼자 있다. 그는 진열장을 통해 밖을 바라보며 지나가는 차들을 무심히 지켜본다. 가게로 들어가 묻고 싶다. 문구점 가족은 어디 갔나요? 파산한 건지, 굴욕적인 퇴거를 당한 건지, 그들의 상태가 안 좋은 건지 궁금하다. 하지만 혼자 있는 그 청년 탓이 아니다. 그는 생계비를 벌기 위해 그곳에 있는 거다. 유감스럽기는 하지만 내가 좋아하는 문구점이 더 이상 없다는 게 놀랍지는 않다. 이 지역 월세는 지나치게 비싸겠지. 그리고 누가 문구점에 가서 그 노트들을 샀겠는가? 학생들은 사실 손으로 글씨를 쓰지 않는다. 정보를 얻고 세상을 여행하자면 자판만 두드리면 된다. 학생들의 생각은 화면에서 돋아나고, 누구든지 이용 가능한 존재하지 않는 구름 속에 산다.

한 커플이 상점으로 들어간다. 사랑에 빠진 젊은 커플은 서로 딱 달라붙어 있다. 무지한 것도 매력으로 보이는 숭고한 사랑의 단계에 있다. 이 두 젊은이는 바뀐 가게에 당황하지 않는다. 오히려 그곳이 그들이 찾던 장소인 듯하다. 가방들의 미로에서 그들은 참으로 즐거워 보인다. 안감을 댄, 혹은 대지 않은 반짝반짝 새 모델들을 열었다 닫았다 하고, 지퍼를 잠가보고, 플라스틱 겉면을 두드려본다. 아마 함께 밖으로 나가는 게 처음일 터다. 아니 마지막일 수도 있으려나? 호텔에서 사흘을 보낸 뒤 그들은 사실 서로를 사랑하지 않는다는 걸 깨닫게 되지 않을까? 아니면 결국 화해하고 안정된 커플이 될 수 있을까? 그런 생각을 하는 동안 모든 가방이 한순간 거대한 책같이 느껴진다. 괴물들, 거인들, 바보들을 위한 도서관에 있는 제목 없는, 의미 없이 커다란 책들.

남자가 보라색 트렁크를 여자는 밝은 노란색 트렁크를 고른다. 남자가 돈을 지불한다. 곧 그들은 주머니 몇 개와 재킷과 신발을 넣으며 자신들 여행 가방을 시험하리라. 재킷은 선선한 아침이 지나고 갑자기 날씨가 더워져서 길거리 사람들이 껴입은 옷을 벗을 것이기 때문에 소용이 없어질 거다. 두 사람은 함께할 여행에 흥분하며 만족해하더니, 도시의 걷기 힘든 돌 포장도로를 굴러갈 헤아릴 수 없는 기쁨을 트렁크 바퀴 네 개에 싣고 가방을 끈 채 상점을 나간다.

새 벽 에

내가 사는 건물 지붕 위로 올라가면 해가 뜨는 걸 볼
수 있다. 평소 난 게으르고 포근한 침대를 떠나는 걸 몹
시 싫어해서 계획성 있게 제시간에 딱딱 일어나 옷을
입지 못한다. 하루가 늦게 시작하기 때문에 겨울에는
종종 해 뜨는 걸 볼 수 있다. 잠옷 위에 급히 외투를 껴
입고 목도리를 두르고 부츠를 신은 다음 승강기를 타고
올라가, 건물 다른 입주민들이 널어놓은 옷들, 식탁보,
수건, 스웨터, 팬티를 헤치고 자리를 잡아 앉는다. 맞은
편 언덕 들쭉날쭉한 외곽선이 황금빛으로 물들기를 기
다린다. 몇 초 사이에 모든 일이 일어난다. 달걀노른자
처럼 동글동글한 맑은 원반이 빼꼼 고개를 내밀다가 완
전히 떠오른다. 태양이 착착 일정하게 올라가고, 팔짝
위로 뛰어 올라가면서 색이 흐려진다. 일 밀리미터씩

이동하는 게 아니라는 걸 알고 있다. 착각이고 환상이다. 더 볼 수 없을 때까지, 눈이 아플 때까지 일출을 바라본다.

하지만 아픈 건 눈만이 아니다. 새벽은 내 마음을 꽉 조인다. 도시에서 확 타오르는 그 빛은 얼굴을 때릴 뿐 아니라 골수도 따뜻하게 해준다. 태양이 계속 위로 떠오르는 동안 시선이 다른 입주민들의 낡았지만 딱딱하게 군은 마른 옷들과 부딪힌다. 난 눈을 감고 눈꺼풀을 통해 빛만 보며 매일 아침 이렇게 해에게 인사하는 건 너무 버거운 일이라는 걸 알고 있기에, 이 일상의 현상을 즐기지 못하게 하는 평소 나의 게으름을 탓해본다. 번쩍이면서도 부드러운 아침 햇살을 받으며 예전에 내 책에서 강조해 언급한 적 있는 위대한 작가의 말을 생각한다.

잠시 뒤 나는 커다란 불꽃에서 그늘로 겁에 질려 도망간다. 불꽃이 날 붙잡아 먹어치우고 이 땅의 아주 작은 요소, 벌레나 식물로 날 바꿔놓을 것 같다…… 난 아무것도 생각할 수가 없다. 모든 것이 부질없이 보인다. 삶이 극단적으로 쉽게 느껴진다. 누구도 이제 내게 열중하지 않는다 해도, 누구도 내게 편지 쓰지 않는다 해도 난 관심 없다.*

난 피곤한 몸을 이끌고 집으로 내려가 하루가 시작되는 시간 이 몇 줄을 적어본다.

*1994년 밀라노의 봄피아니 출판사에서 제노 팜팔로니의 감수로 출간된 코라도 알바로의 『바다Il Mare』에서 인용.

마 음 속 에 서

밀어붙이는 충동이 난 늘 부족하다. 어릴 적 학교 다 닐 때 날 방해하고 발목을 잡았던 건 민첩하지 못하다 는 사실이었다. 삼십 분 동안 우리는 밖에서 휴식 시간 을 보냈다. 대부분의 학생은 좋아라 그 시간을 즐겼지 만 내겐 고문과도 같았다. 난 귀가 따가운 함성, 흥분해 터져 나오는 소리를 몹시 싫어했다. 어쨌든 당시 내가 어울렸던 여자 친구들이 즐기는 놀이는 작은 동그란 섬 들, 산림을 벌채하고 남은 섬들 같았던 몸통이 베인 나 무 그루터기들을 건너 뛰어다니는 거였다. 그루터기는 낮아 옆구리 정도까지 왔지만 기어 올라가자면 구토가 났고 일단 올라가 서 있어도 다리가 후들후들 떨렸다. 그 별것 아닌 거리를 꼴사납게 조심스레 가늠해야 하는 과도한 노력이 장외했나. 반년 나믄 친구들은 이 가지

저 가지 깡총깡총 옮겨다니는 새들처럼 별 신경 쓰지 않고 그루터기를 뛰어다니며 미친 듯이 재미있게 놀았다. 그 친구들의 민첩한 발걸음이 부러웠다. 지금 생각해보니 난 고집이 세면서 수줍음이 많았다. 계속 군소리 없이 다른 친구들을 따라 그루터기를 올라가고 주저하며 뛰어다녔지만 그 그루터기들 사이의 빈 공간은 깊은 구멍 같았다. 비록 그 속으로 떨어진 적은 없지만 혹시나 떨어지지 않을까 하는 두려움에 몹시 괴로웠다.

그 의 집 에 서

그의 아이들과 함께 나들이를 갔을 때부터 난 균형감을 잃은 듯하다. 난 한 걸음 더 다가가길 원한다. 그의 웃는 모양, 다정한 목소리, 팔목은 물론 손등에까지 번진 털, 이따금 내게 보내는 재미난 메시지를 자주 생각한다. 난 그를 기다리지만 그는 나타나지 않는다. 길에서 그를 보지 못한 지 한참 됐다. 그러던 어느 날 전화벨이 울린다. 그다. 화면에 뜬 분명한 그의 이름이 뻔뻔스럽게 느껴진다. 내 친구는 사무실에, 아이들은 학교에 있을 거다. 지금 내게 뭘 제안하려는 걸까? 가게에서 따뜻한 식사?

하지만 그의 목소리를 들었을 때 뭔가 일이 일어났다는 걸 깨닫는다. 그는 서둘러 상황을 다 설명한다. 친구의 어머니가 발작을 일으켰고, 상황이 심각하다. 새벽에 전화를 받은 그들은 개와 집을 그대로 놔둔 채 허겁지겁 나갔다. 모퉁이 집 바리스타가 집 열쇠를 갖고 있다.

난 곧 친구 집으로 내려갔다. 개는 산책을 시켜야 한다. 혼자 그들 집에 있는 건 처음이다. 난 보통 식사가 차려진 테이블, 손님용 욕실, 부산한 주방만 알고 있다. 하지만 오늘 새벽 전화를 받고 허겁지겁 출발했는데도 모든 게 정돈되어 있는 듯하다. 접시들은 식기세척기에서 깨끗이 세척을 마친 상태고, 가스레인지에 올려놓은 커피주전자만 씻으면 된다. 커피에 설탕을 조금 넣었나 보다.

침실이 두 개인데, 흰색 리넨 커튼이 쳐진 가구가 없는 밝은 방은 그와 내 친구가 쓰는 침실이고, 좀 더 좁은 옆방은 장난감이 넘쳐나고 성 모양의 침대가 놓여 있다. 하지만 그 방도 종말론의 무질서는 아니다. 복도 벽에 그들의 사진, 아이들의 사진, 네 사람 모두의 사진이 걸려 있다. 바다나 해외에서 아이들을 안고 있는 가족사진이다. 나는 블라인드를 몇 개 내리고, 가스 손잡이를 돌려놓고, 침대의 이불을 정리한다. 쓰레기봉투를 닫는다. 가족, 서로 사랑해서 두 아이를 만들고 특별하면서도 통속적인 하나의 과정을 밟아온 두 사람이 지금 없다. 난 그들이 독창적인 조직, 뚫고 들어갈 수 없는 하나인 전체라는 걸 단숨에 깨닫는다.

문 옆에 놓인 개목걸이를 찾아서 개와 나란히 내려간다. 주머니에 개똥 치울 비닐 봉투 몇 개를 넣고 내 집 뒤에 있는 빌라까지 개를 산책시킨다. 우리는 사람 손길이 닿지 않아 더러워진 분수들, 천연두 자국처럼 이끼와 곰팡이 얼룩이 낀 조각상 사이로 종종걸음친다.

개는 순해서 금방 날 따른다. 짖지 않고 날 이끌고 간다. 개목걸이에 달린 이름표가 짤랑거리는 소리가 듣기 좋다. 개는 분수 물을 마시기 위해 다리로 두개골을 짓밟는 사자 여인 조각상과 사과를 먹어 치우는 게으른 여자 조각상 앞에서 걸음을 멈춘다.

하루에 세 번 사흘 동안 그들이 돌아올 때까지, 내 친구의 아버지가 땅에 묻힐 때까지 우리는 같은 길을 산책한다. 난 늘 호기심에 찬 개의 두 눈, 재빠른 발걸음, 뭔가를 갈망하는 주둥이가 사랑스럽다. 우리의 여정은 점점 더 날 저쪽으로 데려간다. 개는 날 끌고 가지만 난 개목걸이를 꼭 잡고 있다. 엇나간 사랑이 깨지고 우리

의 부족한 사랑 이야기가 더는 그리워지지 않을 때까
지 한 걸음 한 걸음 날 위험으로부터 멀리 데려간다.

카 페 에 서

"새로운 소식이 있나요?"

바리스타가 내게 묻는다.

"잠시 떠나 있을 것 같아요."

"왜요?"

"한 번도 가본 적이 없는 외국에서 장학금을 받았거든요."

"거기서 뭘 해야 하는데요?"

"아침에는 외로이 일하고, 하루에 두 번 점심과 저녁 때 긴 테이블에 모여 다른 학자들과 함께 식사를 하면서 서로 알아가고 생각을 나눠요."

"나쁘지 않네요. 기간은요?"

"일 년이 될 거예요."

"결정을 못 했나요?"

"전 이 도시를 떠나본 적이 없어요."

"이 도시는 슬리퍼와 같죠."

커피를 마신 뒤 난 다른 사람이 남기고 간 신문을 무심히 넘긴다. 어느 순간 지면 하단쯤에서 어떤 얼굴이 눈에 확 들어온다. 풍성한 곱슬머리, 크고 맑은 눈, 곱상한 얼굴 윤곽. 그 형편없는 호텔에서 내 옆에 있던 철학자, 분명 이런 종류의 일을 많이 제의받았을 사람이다. 좋은 신호인 듯하다.

그를 다시 만나니 기쁘다. 그와 함께 승강기를 타고 오르락내리락했던 일, 말은 하지 않았지만 서로 암묵적으로 통했던 것이 기억난다. 난 언제나 그의 책을 읽고자 했다.

내가 함께 나눌 수 없는 외국어로 그가 어떻게 생기있게 통화했는지 떠오른다. 지루한 회의 시간에 보여줬던 정직하지만 냉소적이고 살짝 짓궂기도 한 그 미소를 사진에서 다시 본다. 정신이 딴 데 가 있는 듯하면서도 사물을 꿰뚫어 보는 것 같은 크게 뜬 두 눈이 뇌리에 늘 선명하게 남아 있다.

사진 아래 칼럼 하나가 실려 있다. 그에 대한 기사로

신간 리뷰다. 오랜 투병 뒤에 책을 썼단다. 난 그 사실
을 조금도 눈치채지 못했었다.

잠에서 깨어

오늘 잠에서 깼을 때 난 일어나지 않는다. 욕실로 가서 몸무게도 재지 않고, 주방에 가서 커피를 마시기 전에 미지근한 물 한 잔을 마시지도 않는다. 오늘 도시가 내게 인사하지도 응원해주지도 않는다. 내가 조용히 떠나려는 걸 이미 알고 있는 듯하다. 모든 희망을 앗아가는 창백한 태양, 날 데려가려 하는 그 짙은 하늘을 바라본다. 명확한 길 없이 우리를 묶는 방대하고 수증기 많은 영토. 하지만 하늘은 우리의 흔적에 저항한다. 바다와 달리 하늘은 거길 통과하는 승객들을 잡지도 수용하지도 않는다. 우리에 대해 관심이 없다. 모든 규정에 저항하고 계속 변화하며 순간순간 모습을 바꾼다.

오늘 아침 난 이 집에서, 이 동네에서, 이 누에고치 도시에서 떠나는 게 두렵다. 동시에 난 이미 한 발을 바

같에 두고 있다. 옛날 문구점 자리 상점에서 구입한 여행 가방에 이미 짐을 다 꾸려 넣었고, 자물쇠를 잠그기만 하면 된다. 세를 준 사람에게 열쇠를 전달했고, 식물에 물은 얼마나 자주 줘야 하는지, 유리문 손잡이가 덜렁거리는 것도 설명했다. 옷장을 비웠고, 또 다른 옷장 하나는 열쇠로 잠갔다. 그 옷장 안에 내가 소중히 여기는 것을 모두 넣어두었다. 결국 몇 개 되지 않는다. 노트들, 편지들, 사진과 종이 몇 장, 부지런히 쓴 수첩들. 나머지 것들은 중요하지 않다. 찻잔, 식기류, 포크, 냅킨은 처음으로 다른 사람과 함께 쓰게 될 터다.

어제 저녁 친구들의 집에서 모두들 여행 잘 하고 잘 있다 오라며 행운을 빌어줬다. 날 꼭 안아주며 말했다.

그는 할 일이 있어서 참석하지 못했다. 아무튼 지난밤 자정에 식탁에서 나는 좋았다.

생각한다. 비록 이곳 하늘과 연결되어 있긴 하지만 새로운 하늘이 날 기다린다. 어쩌면 멋진 삶이 될 것이다. 일 년 동안 난 장을 보고, 요리하고, 설거지를 할 필요도 없다. 누군가 없이 나 혼자 저녁 식사를 하지 않게 되겠지.

어쩌면 난 장학금을 거절하고 이곳에 그대로 살 수도 있었다. 하지만 개가 빌라 오솔길을 따라 날 끌고 갔듯이, 내 삶의 갑옷을 뚫고 나가도록 밀었던 뭔가가 있다. 난 충동에 굴복했다. 이미 이곳의 호흡, 유머를 지나칠 정도로 너무 잘 안다. 하지만 오늘 나는 떠나기를 거부하는 마음 깊숙한 곳 그 감정에 사로잡혀 게으름을 피운다.

엄 마 의 집 에 서

한 달에 두 번 일요일에 점심을 먹은 뒤 기차를 탄다. 매번 모퉁이 뒤 쿠키 가게에서 부스러질 염려가 있긴 해도 고양이 혀 쿠키 상자 하나를 사서 엄마에게 가져간다. 새해 첫날인 오늘도 쿠키 한 쟁반을 챙겼다.

날씨가 흐렸다. 어제 저녁 불꽃놀이 뒤에 비가 내렸다. 차창 밖으로 부드럽게 솟은 넓은 골짜기를 배경으로 양 떼가 모여 있는 게 보인다. 기차역에 도착해서 마을로 올라가는 버스를 탄다. 이젠 버스 기사가 익숙하다. 넉살이 좋은 편이고, 성가신 사람이라 말할 수도 있지만 날 귀찮게 하진 않는다. 오히려 평소 우리가 나누는 상상력이 풍부한 대화를 좋아한다.

"손님, 오늘따라 눈부시게 아름답네요. 분명 당신 남편이 복권에 맞았을 거예요. 그럴 티내려 하지 않는 기예요, 맞죠? 진심 축하드립니다."

버스는 담벼락을 끼고 달리며 요란하게 흔들거린다. 승객은 나뿐이다. 난 광장에서 내린다. 엄마는 광장에 있는 약국 건물 3층에서 노년을 보내기로 결심했다. 요양사가 문을 열어준다. 내가 도착하자 요양사는 떠난다.

엄마는 텔레비전 앞 자신의 안락의자에 앉아 있다. 옷을 입는다. 엄마가 점점 더 마르고 왜소해지는 게 보인다. 작년에 엄마에게 선물했던 포도주색 스웨터가 조금 크다. 옷이 엄마 몸에서 흘러내린다. 소매가 너무 길어 손의 일부분을 덮고 있다. 날 봤는데도 엄마는 웃지 않는다. 정신이 딴 데 가 있는 듯 보이지만 두 눈은 반짝이고 근심이 서려 있다.

"새해 복 많이 받으세요, 엄마."

"왔구나."

엄마 이마에 입맞춤하고 찻물을 올려놓는다. 쿠키와 찻주전자를 준비하는 동안 엄마가 그동안 일어났던 일들을 시시콜콜 늘어놓는다. 등 아래가 묵직한 감이 있다는 둥, 손목에 이따금 심한 통증이 있다는 둥, 불면증이 있다는 둥, 최근 피검사 결과가 정상이라는 둥. 엄마가 자신의 불안한 건강 상태를 설명하는 동안 엄마에 비해 젊고 활동적인, 결국 건강 상태가 좋은 나는 엄마의 모든 질병을 해결하고, 엄마의 건강 악화 신호를 떨쳐내고, 그 야윈 얼굴에 생기를 불어넣어줘야 한다는 의무감에 금방 의기소침해지면서 지친다. 여전히 계속 호흡하고 소화시키고 비워내고 천천히 움직이는 그 허약한 몸은 이제 상당히 복잡하고 위태로운 상태가 됐다. 그걸 생각하면 당황스러운 동시에 놀랍기도 하다.

엄마가 이 모든 걸 설명하는 이유는 이런 말을 하고 싶기 때문이리라. 보렴, 난 병도 많고 허약하고 위험해. 그 말은 언제라도 여차하면 쓰러져 세상을 떠날 수도 있다는 얘기야. 만약의 사태에 대비해 마음의 준비를 단단히 하렴. 엄마는 우리가 만날 때마다 말한다.

정말 엄마가 이 얘기를 하고 있는 걸까? 날 놀라게 하고 걱정하게 만들고 싶은 걸까? 혹시 내가 그렇게 해석하고 지레짐작하는 걸지 모른다. 왜 날로 심해지는 불평, 이런 사실들이 날 공격하는 걸까? 왜 공포증을 유발할까? 어린 시절 그 나무 그루터기 위에서, 그 절벽 앞에서 맞닥뜨렸던 것과 같은 당혹감을 느꼈더기 이제 불안한 평정심을 다시 찾는다. 내가 부주의하고 너무 바쁜 나쁜 딸같이 느껴진다. 하지만 엄마는 흥분하지 않고 침착하게 모든 얘기를 풀어놓는다. 난리를 치지도 않고 목소리도 더는 높이지 않는다. 엄마는 자신에 대해 말할 뿐 날 비난하지 않는다. 엄마는 말수가 적어졌지만 내 나이 때는 화를 잘 냈다. 나는 여름에 이웃들이 듣지 못하도록 창문을 잠그고 엄마의 분노를 집안에 가두고 싶었다.

난 접시에 고양이 혀 쿠키를 놓고 찻잔, 우유, 어린 시절부터 보아왔던 도자기로 된 설탕그릇을 진열한다. 우리는 간식을 먹는다. 엄마는 나에 대해, 계획에 대해, 도시 생활에 대해 묻지 않는다. 우리는 날씨, 뉴스에 대해 이야기하고 함께 텔레비전을 본다. 이윽고 엄마는 다른 사람들, 이웃들의 불운, 일요일마다 손주들이 찾아온다는 노부인들에 대해 말한다. 난 늘 경계해야 한다. 그렇지 않으면 엄마의 우울한 마음이 나에게 녹아들지 모른다.

엄마는 내 외로운 길에 대해, 삶의 선택에 대해 어떻게 생각하는 걸까? 엄마는 손주 두 명, 싹싹한 사위가 더 좋았을까? 엄마는 지금과는 다른 선택을 기대했을 거라 생각한다.

보통 어느 순간쯤 되면 우리는 내려가 함께 산책을 하곤 했다. 엄마는 불편하게 엉거주춤 내 손을 잡는다. 엄마가 주는 애정이 난 살짝 귀찮다. 하지만 오늘 엄마는 나가고 싶어 하지 않는다. 피곤해한다. 공기가 엄마에겐 쌀쌀하게 느껴진다. 그렇게 쇠약해진 엄마를 보니 마음에 눈물이 어린다.

난 가기 전에 엄마에게 말한다.

"엄마, 우리 잠시 보지 못할 거예요."

"어디 가는데?"

"외국으로 가요, 일 때문이에요."

"그럼 가야지."

"전화 통화해요."

엄마는 불안해하지 않는다. 단순히 이렇게 묻는다.

"얼마나 먼데?"

"국경을 넘어가요."

"내가 널 만나러 가야겠구나."

엄마는 아직도 이해를 못 한 듯하나. 이윽고 씨진히

반짝이는 그 눈으로 단숨에 이런 말을 덧붙인다.

"이사하면 항상 뭔가가 사라진다. 이사할 때마다 뭔가가 널 저버리고 속여. 난 아직도 물건 몇 개를 찾고 있단다. 어머니 소유였던 브로치야. 비싼 건 아니지만 그걸 소중히 아꼈지. 그리고 낡은 주소록도 그래. 지금 더는 필요 없다 해도 이따금 주소록을 넘겨보는 걸 좋아했었어. 명함, 영수증, 네 아버지의 작은 사진을 보관했었어. 우리가 만나기 전 청년 시절 사진인데 얼마나 잘생겼다고. 뒤져봤지만 그것들을 찾지 못했단다. 이따금 이미 여러 번 찾아봤던 서랍이나 창고 박스 깊숙이에서 혹시 나오지 않을까 하는 희망을 갖고 집 안을 샅샅이 찾아보기도 해. 분명 어딘가에 있을 거야. 도둑맞은 보석도 그래. 내가 겨울에 특히 잘 끼고 다니던 녹색 보석이 박힌 화려한 금반지 기억나니? 생기가 넘치던 젊은 시절 바보같이 눈에 잘 띄는 곳에 반지를 빼놓았지 뭐야. 그땐 미칠 것 같았어. 반지를 잃어버려서 너무나 괴로웠지. 하지만 지금 생각하면, 할 수 없는 일이야. 아무튼 다른 사람의 손가락에 끼어 있거나 아니면 아주 먼 나라에 팔렸을지 모르지. 혹시 네가 가는 나라에 있을지도 몰라. 더는 내 물건이 아니지만 어딘가에 항상 있을 거야."

이때 날 가만히 바라보던 눈이 방 안을 둘러본다.

"그 주소록이 어디에 있을까?"

"모르겠어요, 엄마. 어딘가에 있겠죠."

"그럴까? 네가 돌아올 때 이 쿠키를 사다주렴, 내 입맛에 맞아."

그러면서 엄마는 고양이 혀 쿠키를 반으로 자른다.

역 에 서

집으로 돌아가는 기차를 기다리며 난 역 카페에서 커피 한 잔을 부탁한다. 친절하고 침착한 부부가 운영한다. 남편은 두꺼운 회색 눈썹과 같은 색깔의 두툼한 멋진 스웨터를 입었다. 몸이 바른 부인은 유행이 지난 목선이 높은 옷을 입고 가는 체인이 달린 안경을 썼는데 나이를 곱게 먹었다. 남편과 아내가 된 지 오십 년이 됐다. 긴 테이블 뒤 선반 위, 병들 사이에 금혼식 때 받은 축하 편지들이 놓여 있다.

부인이 내 커피에 생크림을 얹어준다. 난 따뜻한 샌드위치도 주문한다. 하지만 공복감을 채울 수가 없다. 쇠약해진 엄마를 보고 나면 늘 이렇게 배가 고프다. 어떤 은유가 떠올라 가방 속에서 펜을 찾는다. 하지만 수첩이 없다. 난 주머니에 넣은 영수증 뒤에 재빨리 쓴다.

지금 나의 엄마는 스크랩북의 누런 스카치테이프 조각처럼 삶에 붙어 있다. 자신의 일을 하다가 어느 순간 떨어질 수 있다. 거기서 떨어지려면 페이지를 넘기고 종이 위에 빛바랜 네모난 얼룩을 그냥 놔두면 된다.

난 이 생각이 별로 마음에 들지 않는다. 복잡해 보인다. 하지만 영수증이 그 생각을 담고 있다. 난 계산대에 돈을 지불하러 간다. 사람들이 줄서 있다. 난 지갑을 손에 들고 있다. 내 앞 손님이 잡담을 늘어놓는데 기차가 도착한다. 그렇게 빨리 기차가 도착하리라 예상하지 못했다. 시간이 금방 지나갔다.

"세상에, 내가 탈 기차인가요?"

난 당황해 카페를 운영하는 부인에게 묻는다.

"늘 제시간에 오죠."

"그럼 어떻게 하죠?"

"음, 그냥 가세요."

"죄송해요……"

"빨리 가세요."

부인이 재촉한다.

난 부부에게 작별 인사도 새해 인사도 하지 못한 채 달려간다. 기차에 올라타자 신기하게도 내가 세상으로부터 보호받는다는, 적어도 오늘 돈 받지 않고 공짜로 먹을 것을 주며 순수한 친절을 베풀었던 그 카페 주인에게 비호받고 있다는, 바보 같지만 신기한 느낌이 든다. 새해 첫날 그 인정 있는 행동이 내게 활력을 주고 마음의 빗장을 활짝 열게 해준다. 기차를 타고 가는 동안 난 마음이 울먹울먹하다.

거 울 에 서

집을 대청소한다. 그동안 소홀히 했던 구석진 곳과 구멍, 모든 창틀, 마루, 전등갓. 개수대 아래 세제 얼룩과 몰딩을 따라 쌓인 끈적끈적한 까만 먼지 줄을 손톱에 걸레를 휘감아 쓸면서 닦아낸다. 세탁기와 쓰레기통 안을 청소하고, 발코니 문턱에 쌓인 때를 쓸어낸다. 투명한 식초 한 컵에 수도꼭지를 담가 석회 얼룩을 제거한다. 이 방들에서 떠나야 하는 지금 작은 흔적도 남기기 싫다.

가구를 옮겨 안쪽, 뒤, 아래를 검사한다. 끝이 없다. 이런 종류의 더러운 먼지는 여기저기 퍼지고 모든 표면에 스며든다. 철물점에서 주방용품을 걸 제품들을 산다. 냄비받침대를 걸 고리, 젖은 수세미를 놓을 만한 것. 그동안 쓴 낡은 나무 수저들을 버리고 다른 수저들을 구입해 꽃병에 꽃처럼 꽂아 정리한다. 꼭대기에서 바닥까지 집 전체를 샅샅이 청소하다가 찬장에서 아주 오래전 내가 깼던 예쁜 작은 세라믹 접시 하나를 발견한다. 두 조각이 났는데 아직 손을 대지 않고 있었다. 한 조각은 좀 더 작고, 케이크 조각처럼 삼각형이다. 깨진 접시를 버리려 하다가 마지막 순간 생각을 바꾼다. 접시를 다시 붙일 수 있겠다 싶다. 그 접시는 그럴 가치가 있다고 생각한다. 손으로 그린 그림이 새겨져 있고, 언제인지 모르겠지만 산에서 휴가를 보낼 때 산 물건이다.

난 철물점으로 다시 가 세라믹 접시를 붙일 만한 접착제를 찾는다. '강력 접착제라 뭐든 붙일 수 있습니다'라고 적혀 있다. 집에 와서 책상에 앉아 나는 튜브 뚜껑을 열고 종이에 적힌 사용 설명서를 따라 케이크 조각 접시를 다시 붙인다. 일 초 만에 깨진 균열이 보일 듯 말 듯하게 붙었다. 균열이 기다랗게 구부러진 내 머리카락 같다. 튜브 뚜껑을 닫다가 실수로 튜브를 눌러서 많은 양의 접착제가 밖으로 흘러나왔고 손가락을 덮더니 곧 피부에 딱딱한 얼룩을 남기며 말라버린다. 손을 씻어도 상황이 더 악화되기만 한다. 물은 도움이 되지 못해서 이제 손가락이 케이크 조각처럼 다른 손가락과 붙어버렸다. 접착제가 묻은 뻣뻣한 손을 하고 있는 생기 없는 내 모습을 거울로 본다. 지우고자 애썼던 먼지를 접착제가 내 피부에 다시 끌어모았다. 오랜만에 처음으로 웃음이 터져 나온다.

묘 소 에 서

아빠, 아빠를 만나러 왔어요. 꽃다발을 드릴게요. 아빠는 이렇게 말할 거예요. 이런 게 무슨 쓸모가 있니?

망자들로 둘러싸인 도심에서 아빠를 만나요. 치장을 하고 우편함처럼 줄지어 땅에 묻힌 영혼들. 하지만 아빠는 늘 아빠의 벽감 안에 있었어요. 뚝 떨어진 아빠의 왕국에서 사는 걸 좋아하셨죠. 아빠가 돌아가신 뒤에도 아직까지 난 아빠와 엄마 사이의 거리를 채우려 애쓰는데 내가 어떻게 다른 사람과 이어질 수 있겠어요? 아빠는 어쩌다가 엄마와 삶을 함께 나누고 아이를 만들기로 결심한 거예요? 지금까지도 아빠는 내 머릿속에서 엄마 일 미터 앞에서 걸어가요. 어린 시절 나무 그루터기 사이의 줄이고 싶던, 아니 지우고 싶던 그 거리는 아빠 엄마 사이의 거리와 다름없었어요.

아빠는 엄마와 내가 귀찮게 굴면 벗어나기만을 바라면서 문제를 더 어렵게 했어요. 나와 엄마가 싸우는 동안 아빠는 암묵적으로 분명히 말했어요. 뭘 원해, 나는 상관않겠어. 아빠는 잔인하고 비겁한 그 두 문장만을 되풀이했어요. 그래서 난 아빠를 위험한 상황에 끌어들이지 않고, 아무런 도움도 기대하지 않는 법을 배웠어요.

아빤 상관있었어요, 나와 상관있었어요, 아빠는 아빠의 그 작은 묘소에 들어가 있는데도 여전히 지금도 나와 상관있어요. 그래서 난 아빠의 차가운 묘소 앞에서 지금까지도 아빠를 용서 못해요. 아빠가 끼어들지 않았던 것, 날 보호해주지 못했던 것, 보호자의 역할을 거부하고 아빠 자신을 폭풍우 치는 집안 환경의 희생자로 생각했던 것을요. 용암은 아빠를 스치고 지나가지 못했어요. 아빠는 이미 주변에 대리석 구조물의 아주 높고 두꺼운 담을 빙 둘러쳤거든요.

어떻게 늘 어둠 속에 있을 수 있어요? 아빠는 환한 불빛을 싫어해서 가능한 모든 방의 불을 여기저기 끄고 다녔어요. 집 안을 돌아다니며, "이게 다 낭비야"하고 투덜거리곤 했어요. 일요일, 아무 일 없이, 서둘러 처리

해야 할 일 없이, 탈출구도 없이 우리와 온종일 있어야
만 했을 때 아빠는 거실 안락의자에 몸을 푹 누이고 당
신의 어둠 속에 계셨어요. "다 시간 낭비야" 하고 엄마
와 말다툼을 하고 난 뒤 말씀하셨죠.

이젠 더는 혼자 산책도 못해요, 아빤 더는 움직이지
못해요. 아빠는 바다가 절대 흔들리지 않기를 원했어
요. 아빠는 모두와 다 잘 지내고, 방해를 하지 않으며,
누구에게도 아쉬운 부탁을 하지 않는다고 강조했죠. 하
지만 보통 사람들은 바다에게 흔들리지 말라고 요구하
지 않아요. 그런데 아빠는 그걸 내게 요구했어요. 아빠
의 절약을 받아들이고, 아빠는 헌신적인 사람이지만 무
슨 일이 있어도 절대 집착하지 않는다는 걸 알아달라고
요구했어요.

우리가 여행 가방을 싸서 현관에 나란히 놓은 지 몇
시간 뒤 아빠는 갑자기 열이 났죠. 다음 날 아침 새벽에
떠나기로 했었어요. 그런데 아빠는 자정쯤 축 늘어졌어
요. 겁에 질려 두 눈을 휘둥그레 떴고, 병원에서 이틀째
되는 날 신체 기관이 이미 기력을 다했다는 진단을 받
았어요.

우리는 함께 극장에 가기로 했었어요. 아빠와 날 이어주는 끈, 아빠가 열정을 품었던 유일한 거였죠. 아빠는 다른 이들의 갈등에 몰두한 채 극장의 어둠, 아빠만의 그 자리에 있는 걸 소중히 여겼어요. 한 달 동안 난 여행 가방을 풀지 않았어요. 아빠 때문이 아니라 극장표, 날아간 그 모험 때문에 가슴이 아팠죠.

산 책 길 에 서

떠나기 하루 전에 나는 광장으로 내려와 몇몇 풍경, 저무는 태양 빛에 붉게 물든 돔, 반쯤 열린 대문을 구경한다. 대문 뒤 안뜰 깊숙이에 발가벗은 대리석 여인상, 위로 쳐든 두 팔, 윤곽만 있는 얼굴이 보인다. 약국과 모퉁이 뒤 단골 재봉사의 세탁소에 맡겼던 것을 서둘러 찾아와야 한다. 광장이 깨끗이 정리됐다. 조금 전 시장 천막들이 내려졌고, 누군가 양배추 잎사귀, 귤 껍질을 빗자루로 치웠다. 바람을 쐬러 내려온 노인 몇 명이 벤치에 앉아 있고, 좁은 아파트에서 방금 해방된 아이를 뒤쫓아 달려오는 부모들이 몇몇 보인다.

상점들이 다시 문을 여는 변화의 이 시간에 사람들은 모두 특별하다. 소란스러웠던 고등학교 수업을 마치고 배고프고 지친 몸으로 돌아오는 학생들, 인상적인 희고 긴 눈썹 털 뒤에 가려 눈이 보이지 않는 큰 개에 끌려가며 웃음 짓는 마르고 작은 남자. 카페 앞에서 동전 몇 푼을 동냥하는 눈이 어두운 남자, 그들은 어딘가로 가지 않고 늘 이곳에 있을 터다. 그들은 이 보도를 늘 산책할 거다. 그들은 건물, 나무, 대리석 여인상처럼 이 동네에 뿌리를 내린 고정된 요소들이다. 오랫동안 나와 함께했던 얼굴들이지만 결국 낯선 이들이다. 지금 이 순간 난 그들에게 평소와 다른 호감을 느끼지만 그들에게 인사하며 다시 보자고 말하는 건 의미 없다.

길을 걸으며 곧 이곳에서 떠나야 한다는 슬픔에 젖어 있는 동안 또 다른 사람, 한 여인이 옆에서 슬쩍 보인다. 실제 나와 똑같이 옷을 입은 여인이 오십 미터 떨어진 곳에서 걸어간다. 살짝 얼룩덜룩한 재질의 빨간색 플레어스커트. 검은색 모직 외투, 롱부츠, 머리를 덮은 털모자. 그녀도 오른쪽 어깨에 가방을 멨다. 나이는 가늠이 되지 않는다. 또래거나 나보다 열다섯 살 아래일 수 있다. 아니면 젊은 여성일 수도 있다. 가벼운 발걸음으로 당당하게 걸어간다.

난 할 일을 모두 제쳐두고 평상시 습관대로 그녀를

따라간다. 따라가지 않을 수 없다. 그녀에게 맞추어 빨리 걸었다가, 그녀가 횡단보도에서 신호를 기다리자 나도 걸음을 멈춘다. 혹시 이 시간에 돌아다니는 또 다른 사람이 그녀와 나와의 일치를 눈치챘는지 궁금하다. 함께하면서 따로 산책을 하는 서로 다르면서도 꼭 닮은 두 연인. 이 여인의 얼굴은 어떻게 생겼을까? 나처럼 오래전부터 이곳에 살았을까? 아니면 이곳을 방문하려 온 걸까? 무슨 이유로 온 걸까? 약속이 있는 걸까? 업무 회의 차 온 걸까? 더는 광장에 내려오지 못하는 휠체어 탄 할머니를 만나러 온 걸까? 일하는 여성일까? 근심이 있을까 아니면 아무 걱정이 없는 여자일까? 결혼했을까 아니면 혼자일까? 친구 집 인터폰을 누르려 하는 걸까? 애인을 만나러 온 걸까? 과일 주스나 아이스크림을 먹고 싶은 걸까?

뒷모습만 보이고 있는 닮은꼴 여인은 나에게 말하는 듯하다. 나는 나이면서 그렇지 않아요, 떠나지만 늘 이곳에 남아 있어요. 이 두 문장은 휙 부는 바람이 나뭇가지를 흔들고 나뭇잎을 떨게 하듯 잠시 내 우울한 마음을 이지럽힌다.

그녀가 길을 건너갈 때까지 기다렸다가 나도 앞으로 나아간다. 이곳에는 신호등이 없어서 주의를 해야 한다. 살짝 굽이가 진 길인데 순식간에 그녀를 눈에서 놓친다. 그녀가 어느 방향으로 갔을까 나 자신에게 묻는다. 하지만 횡단보도에 도착했을 때 앞에서도 오른쪽에서도 왼쪽에서도 그녀를 찾지 못한다. 광장으로 뛰어내려가 아이스크림 가게, 약국, 세탁소로 그녀를 찾아다닌다. 신문 가판대에서 갓 나온 구겨지지 않은 신문을 샀는데 커피 값을 계산하던 중 계산대 옆에 실수로 신문을 놔두고 나온 것처럼, 그녀를 찾아 광장 전체를 돌아다닌다. 이런 부주의한 행동은 종종 내게 일어난다. 어느 상인인가가 친절하게도 한쪽에 놔두었을 것이기 때문에 신문은 언제나 다시 찾을 수 있다. 그녀는 아니다, 그녀는 떠났다.

　환영이었을까? 아니다, 앞에서 가벼운 발걸음으로 당당히 걸어가는 나의 분신을 분명히 봤다.

아 무 데 서 도

　결국 환경 곧 물리적 공간, 빛, 벽은 아무 상관이 없
다. 그곳이 맑은 하늘 아래 있는지 빗속에 있는지 여름
날 맑은 물속에 있는지는 중요하지 않다. 기차 안인지
자동차 안인지, 해파리 떼처럼 여기저기 퍼져 있는 여
러 모양의 구름들을 뚫고 날아가는 비행기 안인지는.
머물기보다 나는 늘 도착하기를, 아니면 다시 들어가기
를, 아니면 떠나기를 기다리며 언제나 움직인다. 쌓다
가 푸는 발밑의 작은 여행 가방, 책 한 권을 넣어둔 싸
구려 손가방. 우리가 스쳐 지나지 않고 머물 어떤 곳이
있을까?

　방향 잃은, 길 잃은, 당황한, 어긋난, 표류하는, 혼란스
러운, 어지러운, 허둥지둥 대는, 뿌리 뽑힌, 갈팡질팡하는.

이런 단어의 관계 속에 나는 다시 처했다. 바로 이곳이 내가 사는 곳, 날 세상에 내려놓는 말들이다.

기 차 에 서

　다섯 사람이다. 남자 네 명과 여자 한 명, 비슷한 또래다. 조금씩 서로 닮았다. 모두 갈색 머리에 살이 좀 쪘고 헤프게 웃는다. 여자는 맞은편 창가에 앉기 전에 내게 인사한다. 내가 책을 읽고 있던 열차 칸에 갑자기 활기가 가득해진다. 서로 어떤 관계인지 파악할 수가 없다. 형제지간일까? 사촌지간? 남자 형제 셋과 한 부부? 친한 친구?

　일단 기차에 올라 자리를 잡자 그들은 배가 몹시 고팠는지 곧장 먹기 시작한다. 작은 테이블에 영양가 높고 맛있는 음식이 담긴 봉투를 여러 개 펼쳐놓는다. 호두, 빨간 오렌지, 말린 무화과, 마치 이틀 동안 아무것도 못 먹은 사람들처럼 그것들을 맛나게 먹는다. 이 양식을 함께 먹고 나서, 모두가 엄마이자 동시에 아이들,

새끼들인 양 초콜릿 조각, 과일 조각을 동행자들 입안에 서로 쏙 넣어준다. 자유로이 둘러싼 넘치는 애정에 강한 인상을 받는다. 삶에 대한 그들의 열정, 함께 있는 기쁨이 보인다. 그들은 다른 것이 필요 없는 것 같다.

모르는 외국어로 쉴 새 없이 떠들어댄다. 내가 잠시 뒤 낯선 언어에 둘러싸인 채 외국에 있을 거라는 사실을 예고하는 것 같다. 그들은 말을 하면서 휴대폰을 통해 자신들 나라 음악을 듣는다. 고성을 질러대는 열정적인 노래들이다. 수준 낮은 음악이지만 그들은 흠뻑 빠져 눈을 감고 감동에 젖는다. 기차의 많은 사람 한가운데서 목청 터져라 부르는 것이 당연하다는 듯 이따금 노래를 해댄다.

내게 호두, 무화과, 초콜릿, 빨간 오렌지를 먹으라고 권한다. 신선한 음식은 최상품으로 보인다. 하지만 난 배가 고프지 않다. 차갑고 맛없는 샌드위치를 이미 먹었다.

그들의 열정 넘치는 태도는 다른 승객의 태도와 비교해 너무나 다르다. 그들은 책을 읽기도, 짐을 싸지도, 나지막이 통화를 하지도 않는다. 침묵을 내던지고, 여행의 단조로움을 뒤집는다. 즐거운 그들의 집단 에너지가 오늘 내가 하루를 온전히 보낼 열차 칸의 분위기를 바꾼다.

그들이 어디로 가는지 궁금하다. 나처럼 국경을 넘어 이 기차의 종점까지 가는 걸까? 뭔가를 기다리고 있는 듯 그들은 흥분했고, 살짝 불안해도 한다. 기차가 역에 설 때마다 주의 깊게 밖을 쳐다보는 걸 보아 어디서 내려야 할지, 어떤 역인지 잘 모르는 모양이다. 누굴 만나러 가는 걸까? 무슨 특별한 행사가 있는 걸까? 이 사람들 인생에 뭔가 일이 일어나려 하는 걸까?

진하게 화장한 여자는 동그란 얼굴에 큰 눈은 짙고 반짝거린다. 조심성 없이 음악에 자유로이 반응한다. 어느 순간 난 그녀가 울고 있다는 걸 눈치채고 시선을 돌린다. 이윽고 여자는 흥분한 목소리로 동행자들 가운데 한 명에게 "안녕히 가세요"를 이탈리아어로 어떻게 말하는지 가르치기 시작한다. 그들은 웃음이 터진다. 학교에 앉아 있는 학생들인 양 함께 아, 리, 베, 데, 르, 치를 따라 외친다.

갑자기 남자들 가운데 한 명이 미용사 노릇을 한다.

배낭에서 빗, 머리 롤, 아마씨 기름, 래커 등의 도구를 꺼낸다. 여자의 머리를 정성껏 만져준다. 여자가 빗질을 맡겨두는 동안 세 남자는 여자를 여러 장 찍으며 변신의 각 단계를 사진에 담는다.

다른 남자들은 특별히 우아하게 옷을 입지 않았다. 짧은 가죽 재킷, 검정 바지, 운동화.

여자는 기차 작은 테이블 위 내 시력 교정 안경이 들어 있는 딱딱한 안경 케이스 옆에 선글라스를 올려놓는다. 좋지 않은 품질의 플라스틱 선글라스다. 이마에 난 주름처럼 아주 멀리서 혹은 높은 데서 바라본 파도 물결같이 렌즈가 긁혀 있다. 반면 내 안경은 비싸고 매끈하다. 여자는 종종 실실 헤픈 웃음을 짓는데 매력적이다. 여자는 여러 가지 이야기를 한다. 상세하고 재미있게 긴 이야기들을 늘어놓는다.

내 발밑 배낭들 사이에 갖다 버릴 오렌지 껍질이 수북이 쌓인 비닐 봉투가 놓였다. 그들은 음식을 해치웠다. 열차 안으로 가져온 모든 음식을 모조리.

다음 정류장에서 그들은 벌떡 일어나 내게 감사하다는 인사와 함께 실례했다고 말한다. 그들은 짐을 모두

챙겨 내린다. 책 한 권과 딱딱한 안경 케이스와 안에 물
건 몇 가지가 든 여행 가방만을 지닌 나를 자리에 남겨
두고 모두 떠났다.

　외국인 무리의 그 무엇도, 그들의 게걸스러운 즐거움
조차 내게 남지 않았다. 작은 테이블은 다시 깨끗해졌
고 자리는 비었다. 지금 나는 그 많은 음식을 하나도 맛
보지 않은 걸 후회한다. 그들은 친절하게도 부스러기
하나 남기지 않았다.

난 어디에 있을까?

이 책은 줌파 라히리가 산문집『이 작은 책은 언제나 나보다 크다』와『책이 입은 옷』에 이어 이탈리아어로 쓴 첫 번째 소설이다. 전작에서 보여줬던 불안한 삶과 존재에 대한 사색이 이 소설에서도 이어진다. 앞서 두 권의 산문집에서는 단순하지만 성찰의 말로 작가의 생각이 비교적 명료하게 드러났다면,『내가 있는 곳』은 소설 속에서 말하고자 하는 작가의 생각을 독자가 능동적으로 읽어내야 한다.

소설은 46개의 짧은 이야기들로 구성되어 있다. 작가는 "장소를 옮길 때마다 나는 너무나 큰 슬픔을 느낀다. 이동 자체가 날 흔든다"라는 이탈로 스베보의 말로 소설을 시작하는데 책의 내용을 압축적으로 시사한다.

제목 '내가 있는 곳'은 지리적 물리적 공간일 뿐 아니라 내면의 공간이기도 하다. 제목에 물음표를 붙여보면 '난 어디에 있을까?'다. 그래서 46개 이야기의 장소는 길거리, 상점, 광장, 식당, 카페, 병원 대기실, 테라스, 슈퍼마켓, 역, 기차 안 등의 물리적 공간과 마음속 공간이다. 이 공간들에서 주인공은 내가 지금 어디에 있는지 끊임없이 생각하고 묻는다.

이 소설에는 주인공의 이름과 사는 도시가 나타나 있지 않다. 이름은 뭔가를 한계 짓고 구체화한다. 작가는 이름을 없앰으로써 이 무게에서 벗어나 보다 추상적이고 열린 세계의 것으로 만들고자 했다. 그렇게 소설 속 주인공의 이야기는 우리 모두의 이야기가 된다. 주인공은 대략 사십 대 초반, 어느 한적한 바닷가 도시에 사는 여인으로 추정된다. 교수이고 미혼이며 다른 사람들과 관계 형성에 어려움을 느끼는 고독한 여성이다. 그녀에게는 어릴 적 부모에게서 받은 트라우마가 강하게 자리한다. 외부와의 교류를 거부한 채 자신만의 누에고치에 틀어박혀 인색한 삶의 방식을 가족에게도 강요했던 아빠, 성격이 맞지 않는 아빠와 매일 다투며 딸에게 집착하고 험악하게 대했던 엄마. 그 때문에 가족에게서 느낀 결핍과 불안은 친구 관계, 이성 관계에까지 이어졌고 여전히 그녀의 삶을 흔든다. 하지만 그녀는 그 고독 속에서도 타인의 삶을 관찰하고 관심을 잃지 않는다. 이웃집 청년이 돌아가신 부모의 유품을 정리하고자 내놓은 물건들을 필요하지 않는데도 구입한다. 이 빠진 찻잔, 이름 모를 여인의 초상, 모피 코트 등 남에게 속해 있던 낡은 물건들에는 낯선 타인의 삶의 무게가 담겨 있고 주인공은 쓸모없는 그 물건들로 자신의 삶에 진한 향기를 더한다.

주인공은 사랑에도 마음에 많은 고랑이 있다. 양다리를 걸쳤던 애인, 다른 여자의 남편과 가졌던 짧은 만남, 친구의 남편을 사랑하지만 지켜봐야만 하는 고통, 학회에서 잠깐 만나 마음으로만 품고 있는 미래의 사랑. 그녀는 한곳에 뿌리내리기 어렵지만 집을 떠나는 것에 대해서도 막연한 불안을 품고 있듯, 결혼해 정착하지 않은 채 사랑에 불안과 기대를 동시에 지니고 있다.

주인공에게는 현재 자리에 남아 있으려 히면시도 그 한계를 넘어 새로운 세계로 나아가려는 열망이 공존한다. 삶이 계속 변화하듯 존재의 자리도 계속 변한다. 장소를 옮길 때마다 가져가는 것과 버리는 것, 자신도 모르는 사이 없어지는 것이 있으며 기쁨도 있고 슬픔도 있다. 우리의 삶과 존재는 변화하는 불안한 것이기에 이동 자체가 우리를 흔든다. 하지만 모국어가 아닌 생소한 언어인 이탈리아어로 글을 쓰고 새로운 도전을 감행한 줌파 라히리처럼 용기와 기대로 경계를 넘고 한계를 넘어간다면 우리의 자리가 변하는 것, 내가 있는 곳이 두렵지만은 않을 것 같다. 내가 있는 자리에 진정 내가 없는 그런 두려운 일이 일어나지 않도록 오늘 나의 자리를 살펴보고 싶다.

봄이 오는 길목에서

이승수